片山正通教授の

「仕事」の「ルール」のつくり方

片山正通

この本を手にとってくれたみなさんへ

こんにちは、片山正通です。この本は、2011年から武蔵野美術大学で開催している特別講義「instigator（インスティゲーター）」の、4冊目の講義録です。

「僕がいま大学生だとして、誰のどんな話を聞いたら、
これからの人生が有意義な時間になっていくだろう?」

新米教授だった僕の、そんな自分への問いかけが、開講のきっかけでした。


〈instigator〉には、〈扇動者〉という意味があります。

その言葉の通り、お迎えするゲストは、まさに時代を牽引するスターやトップクリエイター。

〈instigator〉たちは、どんな学生時代を送っていたのか。

どんな経験を経て、いまのキャリアを築き上げたのか。

どんな考え方やルールが、仕事の軸になっているのか。

そんな刺激的な話を学生のうちに聞けたら、人生の宝物になるのではないかと思ったのです。と同時に、それは僕自身が〈instigator〉のみなさんに聞きたいことでもありました。
4冊目の講義録となるこの本には、#016から、#020までの内容を収録。自分にしかできない表現を追求している5人のゲストにお越しいただきました。

独自の取材スタイルでそれまでの写真集・書籍の概念を覆す編集者、都築響一さん。結成30年を迎えたウルフルズのボーカリストであり、俳優としても活躍するトータス松本さん。類を見ない作品をつくり続けるアーティスト集団・チームラボの代表、猪子寿之さん。自主制作からスタートし、カンヌ国際映画祭の最高賞を受賞した映画監督、是枝裕和さん。この10年の新しい写真表現の潮流の中心人物と評される写真家、ホンマタカシさん。

いい意味で「くせの強い」方々のお名前が揃いました。流行や周囲の評価に惑わされることなく、自分の感覚を大切にしながら、トップランナーとして走り続けている方々です。

ゲストのみなさんには、幼少期から現在までのライフストーリーを伺っています。なかには誰もが知っている輝かしい経歴だけではなく、挫折や葛藤といった苦い経験についてのお話もありますが、それをどう受け止め、乗り越えたかもリアルに話してくださいました。

さらに質疑応答のコーナーでは、学生からの率直な質問に対して、とても近い距離感で、誠実かつ丁寧に答えてくださっています。

結果として、美術大学の講義ではありますが、年齢や職業を問わず「人生を楽しくしたい」と考えるすべての方に向けた内容になっていると自負しています。

「instigator」は、空間や音楽など、講義以外のすみずみにもこだわりました。例えば壇上のソファや腕章は、この講義のためだけに特別に制作したもの。音楽、照明、音響、映像、会場写真撮影なども、僕が信頼するプロフェッショナルの方々にお願いしています。細部まで妥協しないことが、お越しくださるゲストへの僕なりのおもてなしであり、学生たちに「プロの仕事」を体感させる良い機会にもなると考えているからです。

なお毎回の講義は、これまでの「instigator」を振り返る映像で始まります。その背景に流れる音楽のタイトルは『instigator〝sentimentale（センチメンタル）〟』。これは大沢伸一さんに書き下ろしていただいたオリジナルテーマ曲です。また講義の前後に会場でかかっている音楽も、各回のゲストに合わせて様々なジャンルから選曲していただいています。音源は「instigator」公式サイト（http://instigator.jp）で公開していますので、当日の雰囲気をより深く味わいたい方は、各回のラストに掲載しているトラックリストもお見逃しなく。

さて、まえがきはこのくらいにして、さっそく特別講義を始めましょう。

会場は武蔵野美術大学創立時からある、7号館401号教室。

500人収容可能な階段教室で、いかにも大学らしい雰囲気がある、僕の大好きな場所です。

ぜひ、一緒に講義室に座っている感覚で、ページを開いてみてください。

武蔵野美術大学　空間演出デザイン学科　教授　片山正通

目次

この本を手にとってくれたみなさんへ 004

#016 都築響一 010

2016.7.4

本当にアートで勝負したいなら、
学校で学んでいたら駄目なんですよ。
できることならもう、明日、
この学校をやめろと言いたいです。

#017 トータス松本 064

2016.11.21

結局自分がいちばん面白いと思うことしか、
できないじゃないですか。もっと言えば、
自分が面白いと思わないことは、
しちゃいけない気がするんです。

#018 猪子寿之 126

2017.7.3

自分が話したいときに
話せばいいじゃないですか。
自由自由。
人は自由なんだから。

#019 是枝裕和 186

2017.11.20

1年目で1回逃げて、出戻って、
また行かなくなって……計3回、
合わせて半年間くらい出社拒否
して……。

#020 ホンマタカシ 250

2018.10.1

なんで提示されたものを
簡単に信じちゃうんだろう、
っていう問題は、もっとちゃんと
考えるべきところだと思う。

この本を読んでくれたみなさんへ 308

スタッフリスト 312

各章末に記載のあるMusic for instigator トラックリストは、「instigator」の音楽を担当する大沢伸一が、ゲストに合わせて毎回選曲しています。

大沢伸一(Shinichi Osawa)

音楽家、DJ、プロデューサー、選曲家。国内外の様々なアーティストのプロデュース、リミックスを手がけるほか、広告音楽、空間音楽やサウンドトラックの制作、ミュージックバーをプロデュースするなど幅広く活躍。2017年に14年ぶりとなるMONDO GROSSOのアルバム『何度でも新しく生まれる』をリリース。満島ひかりが歌う「ラビリンス」も音楽シーンの話題となった。サントラ担当作品にTVアニメ『BANANA FISH』、映画『Diner』など。
https://www.shinichi-osawa.com
https://www.mondogrosso.com

instigator official site: http://instigator.jp
オフィシャルサイトでは、イベント情報、ダイジェスト映像のほか、Music for instigatorのトラックリストをお楽しみいただけます。

instigator

stigator
整理券151番
～200番
instigator
整理券201番
～250番
整理券251番
～300番

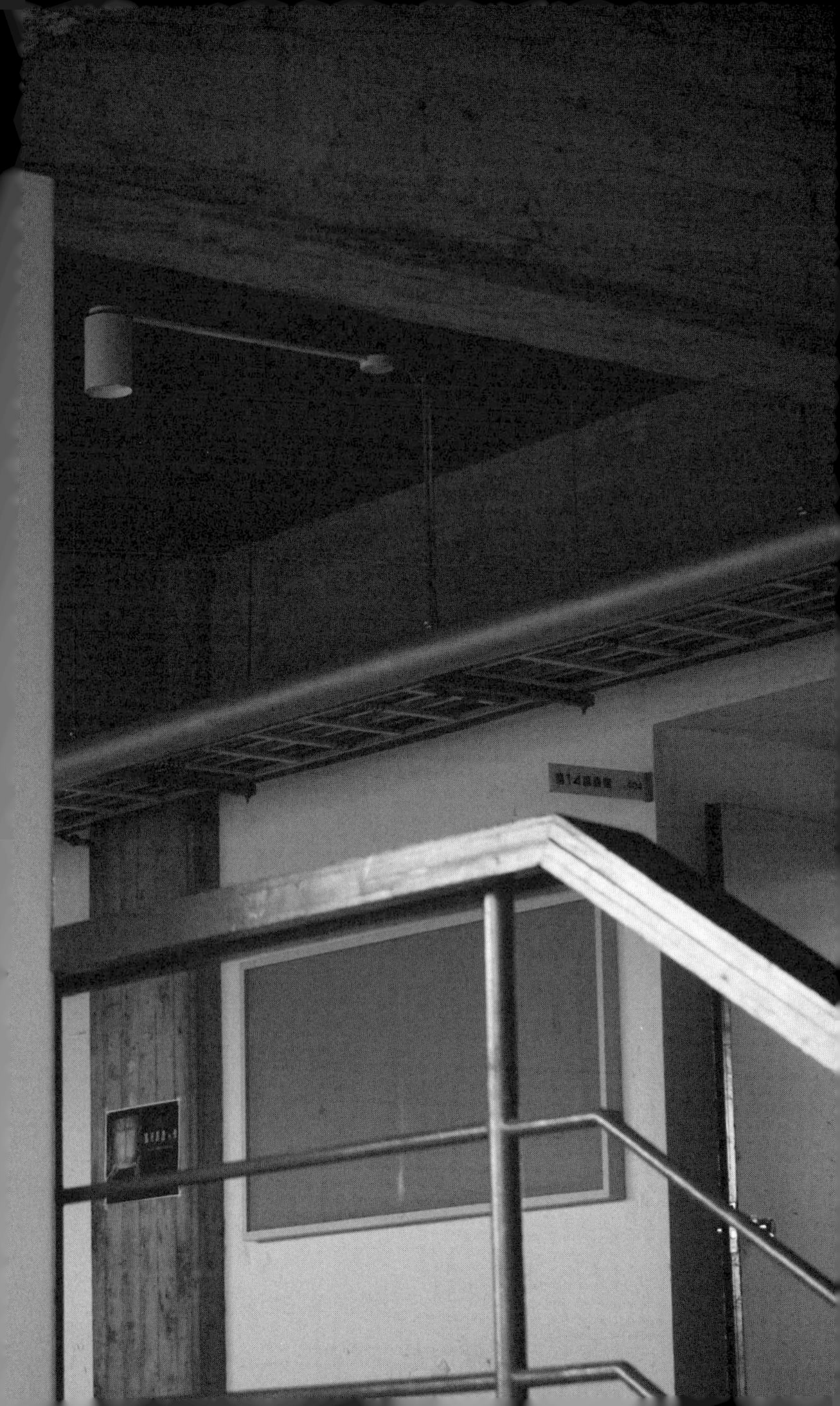

#016

都築響一

編集者

1956年、東京生まれ。76年から86年まで『POPEYE』『BRUTUS』で現代美術、建築、デザイン、都市生活などの記事をおもに担当する。89年から92年にかけて、1980年代の世界の現代美術の動向を包括的に網羅した全102巻の現代美術全集『アートランダム』を刊行。以来、現代美術、建築、写真、デザインなどの分野で執筆活動、書籍編集を続けている。93年、東京人のリアルな暮らしを捉えた『TOKYO STYLE』刊行。96年発売の『ROADSIDE JAPAN 珍日本紀行』で第23回・木村伊兵衛賞受賞。現在も日本および世界のロードサイドを巡る取材を続行中である。

死ぬ5秒前に「ああ面白かった」と言える人生を

きっかけは、スケートボードの問い合わせ

片山　みなさん、こんばんは。今日のゲストは編集者の都築響一さんです。編集者というと雑誌や書籍をつくっているイメージが強いけれど、都築さんのされている「編集」は非常に独特なので、かなり過激な発言も飛び出す回になると思います。お迎えしましょう。都築さん、どうぞ。

都築　どうも、都築響一です。なんか入場の音楽までかかっちゃってすごいですね（笑）。開場前に入場列つくって学生もみんな並んでいるし。

片山　さっき怒っていましたよね。美大生が列に並んじゃいかん、と。

都築　そうですよ。基本ヤンキー座りで、列があったら乱すのが美大生じゃないですか。もっと言えば始まってしばらくしてから入ってきて迷惑をかけるとか、そういう態度でいいと思うけど。

片山　今日はがっつりと活を入れていただければと。どうぞお座りください。

都築　じゃあよろしくお願いします。片山さんとは20年来のつきあいだからね。しかも最近は、睡眠時無呼吸症候群の仲間でもある。

片山　治療法についてのトークもしますよね。都築さんは今年で……。

都築　60ですよ。還暦です。映画がいつでも安く観られるようになりました。あと5年すれば、バスにタダで乗れるようになるの。楽しくてしょうがない。

片山　都築さんは麹町生まれでずっと東京にお住まいなんですよね。どんな子ども時代でしたか。

都築　都心部って昔から、住宅地としては過疎なんです。小学校の同級生は越境入学の子がほとんどで、授業が終わるとすぐに帰っちゃう。だから放課後にみんなで野球したりはできなかった。群れて遊んだ記憶があまりない少年時代でしたね。一人でどこかに遊びに行ったり本を読んだりすることが多くて、それで他人の意見を聞かない人間に育ったのかもしれないです（笑）。

片山　キャリアとしてはマガジンハウスがスタートですが、もともと出版に興味があったんですか。

都築　いや、全然。家から徒歩圏内の大学に行こうと思って、浪人して上智大学に入って、当時ブームだったスケートボードを始めたんです。当時の『POPEYE』[※1]はカリフォルニア特集なんかをやっていて珍しいボードも載っていたので、編集部に問い合わせしたのが最初でした。何回か読者ハガキを出していたら、「現役大学生の話を聞きたい」と言われて編集部に遊びに行くようになって、それがきっかけでアルバイトするようになったんです。編集の仕事をしたかったわけではないけれど、いろんな人に会って話を聞くことがどんどん楽しくなって、いつの間にか原稿を任されるようになって。気がつけば時給ではなく原稿料をもらう仕事にシフトしていました。

片山　在学中にすでに原稿を書くようになっていたんですか。

都築　そうですね。僕は英文科のアメリカ現代文学専攻で、本当は大学院に進もうと思っ

※1　『POPEYE』マガジンハウスが発行する男性向けファッション雑誌・情報誌。1976年創刊。初期は1970年代後半のアメリカ西海岸のカルチャー、ライフスタイルを紹介し、日本の若者文化に大きな影響を与えた。

ていたんです。だからバイトを始めて海外取材に同行させてもらうようになってからは、アメリカの同世代がリアルタイムで面白がっている小説について、レポートを書いて提出していました。でも大学の英文科って、「現代文学」と名乗る講義ですら、何十年も前に死んだ作家の研究ばかり。今も大差ないと思いますけど、リアルに読まれている同時代の小説には無反応なんですよね。文法が間違っているとか、そういうどうでもいいことを指摘するだけで。つまり「先生たちは知識はあるけど行動力はない」ってことに気がついて、学校に行かなくなっちゃった。

片山　卒業はしていますよね？

都築　お情けでね。留年もしたし、卒業証書ももらってません。でもこういう仕事するのに学歴なんか関係ないじゃない、今の時代は特にそうでしょう？　自分がそうだっていうわけじゃないけど、まわりの面白いことやってる人を見ていても、在学中に起業するとか、大学中退とかばかり。そういう人はきっと4年も我慢できないんですよ。アップルのスティーブ・ジョブズだってマイクロソフトのビル・ゲイツだって、フェイスブックのマーク・ザッカーバーグだって、みんな中退でしょ。

片山　マガジンハウスの社員になろうとは思わなかったんですか。

都築　思わなかったですね。学生アルバイトからフリーの立場になって40年、一度も給料というものをもらったことないです。契約社員ですらありませんでした。形だけ入社試験を受ければ正社員にするって言われたこともあるけれど。そこで「うん」と言っていたら、今頃は早期退職制度を使って、葉山あたりに家を買って、庭で大型犬を飼っていたかもしれませんね（笑）。

片山　時代的にはかなり景気のいい頃ですよね。自由な立場でいたかったんですか？

都築　たしかに経費も使い放題、なんでもやり放題な時代でした。でも社員になったら、人事異動で興味のない部署に配属されても嫌と言えない。それに、仕事してもしなくても同じ給料をもらえたら、自分は絶対にサボると思ったんです。実際にそういう社員の人もいっぱいいたし、そのしわ寄せがフリーランスの人に行ってるのも見ていたから、そうなりたくないという気持ちもあったんですね。

「隙間を狙ってる」ではなく、真のマジョリティに光を当てているだけ

片山　『TOKYO STYLE』[※2]を手がけられたときにはもう、マガジンハウス以外の出版社でも活動されていたんですね。

都築　そうそう、その頃はたまたま時間にゆとりがちょっとあって。自分よりずっと年の若い友だちがいっぱいできて、彼らの家で飲んだりする機会が増えたんですよ。そうすると、見たことないような狭くて汚い家もあるわけ。広尾なのに4畳半とか。でもそこでこたつに入って飲んだりしてると、妙に楽しいんですよね。必要なものは手を伸ばせば届く範囲にあるし、大きな本棚なんかなくても近所に夜遅くまで開いてる本屋があって、かっこいいキッチンがなくても、仲のいい友だちがやってるバーが近くにある。つまり住む街を自分の部屋の延長として使ってるわけで、自分の部屋なんか狭くていい

※2『TOKYO STYLE』京都書院より1993年に初版刊行。現在は文庫にもなっている。

ことを、彼らは感覚的にわかってると思ったわけ。がんばってローン組んで郊外に大きな家買うのもいいけど、自分の住みたい街に住むことを優先して、高い家賃のために苦労することがない生活。そういう選択肢もあっていいんだなと思った。

片山　そして、そんなリアルな部屋の写真集をつくろうと。

都築　そう、それまでも狭くて汚い部屋の写真集はあったけど、全部上から目線だったから。『TOKYO STYLE』も10軒とかだったら「こんな部屋に住んでる人がいるんだな」っていう、面白コレクションで終わっちゃうかもしれない。でも１００軒集めたらメッセージになると思ったの。それでつきあいのある出版社に企画を持ち込んだけど、最初は全部断られちゃった。おしゃれインテリア全盛期でしたから。

片山　ちなみにその頃、海外の出版社から発行されていた『JAPAN STYLE』っていう、とってもおしゃれな日本家屋を集めたインテリア写真集が話題になっていたんですよね。

都築　そうそう。それ、撮影する部屋をコーディネートしたのは僕だったんですよ。

片山　えっ。ほんとですか！

都築　うん。『BRUTUS』[※3]でもそういう誌面を担当していたから、東京や京都で同じようにかっこいい部屋を探してくれって声をかけられたんです。でも探すのがすごく難しかった。外人が喜ぶような、茶室や石庭があるおしゃれな家に住んでる日本人なんてほぼいないじゃない。それで、こういうのがウケてるのってなーんか変だよなーって、ちょっとカチンときて（笑）。『JAPAN STYLE』そっくりの体裁で、超家賃の安い部

※3『BRUTUS』マガジンハウスが発行する男性向け情報誌。都市生活とアウトドアを楽しむ大人の男の雑誌として１９８０年創刊。創刊当初は海外取材記事が多かった。

屋だけを集めた本をつくろうと思ったのが最初です。騙されて買う人がいるくらいそっくりに（笑）。

片山　サイズもタイトルのフォントも一緒なんですよね。実際に間違って買った人もいそうです。

都築　いっぱいいますよ。僕の初期の大型本は全部そうですけど、見かけだけはかっこよくしているので、「間違えた」っていう苦情がずいぶん来ました（笑）。

片山　（笑）。

都築　でも本当にね、おしゃれ雑誌に出てくるようなきれいな部屋に住んでいる人間なんて、日本の全人口の1パーセントもいないでしょ。特に若いうちはお金もないじゃない。そういうときに、かっこいい部屋の写真とかを見ると、焦りや劣等感が生まれる。ファッションだってそうですよ。ファッション雑誌に載っているようなコーディネートをしている人なんて、めったにいないでしょ。商業メディアの本質って、そういうことですよね。すごく例外的なものを、あたかもみんながやっているように見せかける。そうすることで読者に苛立ちや焦りや劣等感を感じさせて、スポンサーのプロダクトを買わせるというサイクル。それがすべて悪いとは思わない。でもそうじゃない生き方をしてる人もいっぱいいると示したかった。それが『TOKYO STYLE』だったんです。

片山　出版直後の反響はいかがでしたか。

都築　地方に住んでいる子たちからいっぱい読者ハガキをもらいましたよ。「テレビでトレンディドラマを観ていると、こんな生活は私にはできないと思って上京を諦めていたけど、実際はうちよりひどいことがわかったからすぐに出ていこうと思います」とか（笑）。

片山　やっぱりドラマの影響ってあるんですね。

都築　ほかを知らないとそうなるよね。そういう、気後れしていた人たちからのポジティブな反応が多かった。よく「どうやってほかの人がつくらない本を思いつくんですか」「隙間狙いですか」とか言われるんだけど、隙間じゃないんです。こっちのほうがマジョリティ。かっこいい部屋に住んでいる人のほうがよほどマイノリティなんだから、隙間って言われるのは心外なんです。

片山　でも出版社に持ち込んで断られたんですよね？　そのあとはどうしたんですか。

都築　諦めきれなくて、ヨドバシカメラに行って「素人でも使える大型カメラをください」って訊いて、店員さんにいろいろ教えてもらいながら買ったカメラを担いで、自分一人で取材と撮影を始めました。

片山　ちなみに都築さんは第23回木村伊兵衛賞[※4]を受賞しています。非常に権威のある写真の賞で、本職を写真家とされている方以外が受賞するなんて、かなりレアですよね。

都築　今のところ僕だけみたいですね。ありがたかったけど、でもまあ、賞をもらったからって、撮影の仕事が舞い込むわけでもないし。

片山　もっと早くから撮っていたのかと思ってました。

都築　『TOKYO STYLE』が最初です。ストロボとかの照明器具を買うお金もなかったから、基本的に全部自然光で撮ったんだよね。だから露出がだいたい、30秒から1分く

※4　木村伊兵衛写真賞
写真家・木村伊兵衛（1901－1974）の業績を記念して1975年に創設された、朝日新聞社、朝日新聞出版主催による写真新人賞。その年に優れた作品を発表した新人写真家を対象としている。

らいかかってる。「人物をあえて外したのが効果的」みたいに好意的なレビューを書いてくれた人がいたけど、人間を入れてもぶれちゃうので撮れなかっただけ（笑）。本が出るまで、部屋の住人に会わなかったケースもあるし。

片山　部屋の持ち主を知らないまま撮影したということですか？

都築　そう。知り合いのそのまた知り合いの紹介、とかが多かったから。「鍵を置いておくから、留守中でも勝手に入って撮っていいよ」って。

片山　へえー。あとから文句が来ることもなく？

都築　なかったですね。本を出したあと、池尻あたりのクラブを貸し切りにして、撮影させてくれた人を全員招待してパーティーしたの。最初のハードカバー版は1万2000円もしたから、家賃2万円の部屋に住んでいる人は買えない。だから印税を全部使って本を買って、1冊ずつあげたんです。そのときに面白かったのが、みんなで飲み食いしながら「おれここ」とか「あたしこれ」とか言い合っているとき「このページの人、いませんか」って聞いてきた人がいるんです。「ずっと欲しかったレコードが写ってる。持ち主と会って話したい」なんて。それがきっかけで仲良くなった人たちもいて、すごくいい雰囲気でした。

片山　たしかに写真1枚にすごい情報量が詰まっているんですよね。僕も自分の好きなアーティストの本を見つけて、親近感を持ったり、嬉しくなったりしていました。

都築　インテリアを専門にしている片山さんを前にして言うのもなんだけど、きれいな部屋って、プライバシーを隠す装置ですよね。ウォークインクローゼットがあったら、

TEXT AND PHOTOGRAPHS BY
TOKYO

その人が何を着てるか、見えないでしょ。でも鴨居にハンガーで洋服が掛かっていたら、全部見える。狭い部屋はプライバシーの塊なんですよ。部屋をきれいにしたり大きくしたりすることは、自分を隠す装置をつくってるってことでもある。『TOKYO STYLE』をつくりながらそのことをすごく感じました。

20歳を過ぎたら、人の意見から耳をふさぐトレーニングをしよう

片山　そして次が『ROADSIDE JAPAN 珍日本紀行』[※5]ですね。

都築　「カメラはこんな汚いものを撮るための機械じゃない」っていう苦情のハガキが来たやつです（笑）。『TOKYO STYLE』でやったことを、日本全国に拡大してみた写真集。東京とか大阪とか、あるいは京都みたいな観光地や有名な温泉街なんて、日本のごく一部じゃないですか。ほとんどの人は何の特徴もないような場所に住んでいる。でも何もないと思っているところにも面白いものがいっぱいあるのでは？って推定して始めた企画です。ただ当時はネットもなかったから、かなり大変でした。道路地図とガイドブックと、デジカメではなくカメラとフィルムを担いで、10万円で買ったマツダのクルマで、日本全国を走りまくりました。

片山　自動車のナビはありました？

都築　ごく初期のナビはあったけど高くて買えませんでした。携帯電話だって、キャリアごとに通じる地域が違ってた時代ですから。最初は『週刊SPA!』[※6]の連載企画で、

※5『ROADSIDE JAPAN 珍日本紀行』アスペクトより1997年に初版刊行。2000年に増補再編集され、「東日本編」「西日本編」の2冊がちくま文庫で復刊。

※6『週刊SPA!』扶桑

どんなものがあるかわからないからとりあえず3か月くらいの短期連載でやってみるかって始めたら、7年くらい続いちゃったんだけど。

片山　すごくレアな情報ばかりですよね。どうやって探したんですか。ネットのない時代とか、学生のみんなは想像つかないかもしれないけれど。

都築　とにかく行ってみないとわからないんですよ。よくテレビの旅番組で、偶然会った地元の人に隠れた名所を教えてもらったりするけど、あんなの嘘に決まってますよね。田舎の人はそこまでお人好しじゃないし、そもそも地元の面白さをわかってない。誰にも聞かずにとにかく走るしかない。週刊誌の連載だからスケジュールもかなりきついんですけど、3日間くらい何の成果もないまま走っていると突然、電柱に「5キロ先純金大仏」なんて看板が出てきて「これだ！」と。そんな瞬間が何度もありました。

片山　そういうものを見つけるのも才能ですね。

都築　僕も最初はそう思ったんです。自分はそういうのが得意なのかなと。でもそうじゃないってある日、気がつきました。[※7]（スライドに画像を映しながら）例えば誰もいないような寂れた公園の一角に、こんなモアイ像が立ってる。そういう瞬間に「やっと来たか」って言われているような気がしたの。僕はイタコみたいな感じで、その場所に呼ばれて、ただスピリットを媒介してるだけだって、その頃から思うようになりました。

片山　こういうところは、撮影許可はとってるんですか。

都築　99パーセント無許可撮影です（笑）。でも1件もクレームなかったですよ。最近は特に肖像権が〜とか、うるさく気にする人がいるけど、上から目線でなければ問題な

社が発行する総合週刊誌。1988年『週刊サンケイ』（1952年、産業経済新聞社から創刊）から雑誌名を変更、内容も若者向けにリニューアルする形で創刊。

※7　写真

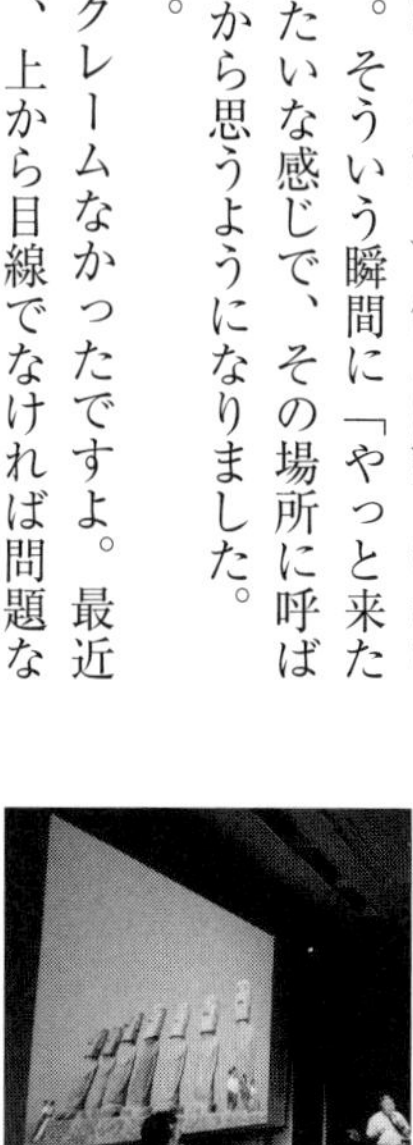

いということだと思います。かっこいいと思って撮っている。それは伝わると思うんですよね。例えば長崎の小長井町という過疎の町の話ですけど、フルーツが特産品で。それで町おこしのために、メロンの形をしたバス停をつくってしまった。

片山　面白いですね。バス停がメロン……。

都築　地元の人は恥ずかしくてメロンの中で待てなくて外にいたりするんだけど、造形はすごくよくできているんですよ。だけどアートピースをつくろうとしてつくってるわけじゃないんです。町おこしをしたいとか、注目されたいとか、切実な思いがそこにあるんですよ。

片山　そうですよね。

都築　アートという要素に全く絡まずにつくられる造形物って、世の中にたくさんあるんです。美術館に行かなくたって面白いものがあるっていう視点を持てたら、普段つまらないと思っている風景も面白くなる。その視点って、アートを考えるときにすごく重要だと僕は思う。そしてそれは、美術館より国道沿いにある。

片山　デュシャン[※8]が便器に「泉」と名づけた瞬間にも、通じるものがあるでしょうか。

都築　デュシャンはもうちょっと知的なプレイというか、自分の功名心なんかも絡んでると思いますけどね。ただこういうテーマって、企画書を書いたりプレゼンしたりできない。誰もやっていなかったから、どう受け取られるかもわからない。

片山　「こんな前例があります」と言えませんものね。

都築　そうそう。プレゼンができないと予算がおりない。予算がおりないとなると、自

※8　マルセル・デュシャン（Marcel Duchamp、1887-1968）フランス出身の美術家。それまでの伝統的な西洋芸術の価値観を大きく揺るがし、20世紀の現代アートに最も大きな影響を与えたともいわれる。

腹で全部やるか、諦めるしかないでしょ。じつは僕も『TOKYO STYLE』は最初、諦めかけたの。自分で写真も撮るなんて無理だろうと。特に建築写真なんて、すごく専門的だと思ってたし。

片山　そうだったんですか。

都築　でもどうしてもイメージが捨てきれなかったんだよね。そういうとき、たいていはゴールデン街とかに行ってヤケ酒飲んでおしまいなんでしょうけど、なぜか諦めきれなくて、3日くらい悩んだあと、カメラ屋に走ったんです。それからはずっとそうやってつくってきました。

片山　よくトライアンドエラーっていうけど、都築さんはエラーの数もなかなか。

都築　超エラーの連続ですよ。デジカメじゃないから撮影の失敗も多かったし、『ROADSIDE JAPAN』とかだと半日走って寂れた秘宝館みたいなところに行った挙句に「冬季休館中」だったり。でも絶対に下調べのリサーチャーは使いたくなかった。それをやったら、リサーチャーの知っている範囲のことしかできなくなるから。もちろん、そういう保険が必要な企画はあるでしょう、たくさんの人間がかかわる仕事とかだったら。『ROADSIDE JAPAN』は写真も文章も、書籍化するときのデザインも自分だったからできたっていうのもある。でもね、思い通りにならなくて、締め切りまで時間もなくて、焦りながらどうしようって必死にほかの手を考えるじゃない。それが楽しいんですよね。

片山　自分の感覚を信じることが大事なんですね。都築さんは食べログも信用しないっ

RAP
CHAMPIONSHIP

てよく言ってます。

都築　星1個のところにあえて行くなら面白いと思うけど。食べログだけじゃなくて、レビューサイト全般、あんまり見ないですね。しょせん、他人の意見じゃないですか。人の評価をあてにするって、自分の嗅覚を信じないってことだよね。僕はスナックが好きなんだけど、スナック仲間の玉袋筋太郎[※9]さんは、いいスナックの見つけ方を聞かれて「自分で見つけろ。カーナビじゃなくてハーナビを鍛えろ」って。自分の鼻のナビゲーションョン。人の言うことは簡単に信用せず、自分の嗅覚を信じなきゃ、本当の満足も味わえないんじゃないですかね。

片山　書いた人がどれくらい本気なのかもわからないですしね。

都築　親とか年配者の善意の意見を聞くのって、せいぜい20歳までだと思うんですよ。オトナになったら、いかに人の忠告から耳をふさぐかっていうトレーニングのほうが大事です。じゃないとオリジナリティが生まれない。でも、耳をふさぐやり方は誰も教えてくれないでしょ。まず、先生に褒められたらやばいと思わなきゃ。同級生に褒められるのも駄目だし。だってさ、ここにいるみんなはアーティストになりたいわけじゃない？ 同級生は友だちじゃなくてライバルだよ。自分のメールマガジン[※10]で若手の作家をよく紹介するけど、だいたいみんな、美大で完全に浮いてたって言います。卒業制作の講評会でぼろくそ言われたとか。そうじゃないと駄目なんですよ。だって、みんながわかるってことは、すでにどっかにあるもの、評価が定まったものってことだから。すみませんね、教授の片山さんを前にして。

※9　玉袋筋太郎（たまぶくろ・すじたろう、1967－）お笑いコンビ「浅草キッド」のボケ担当。一般社団法人全日本スナック連盟会長。

※10　メールマガジン「ROADSIDERS' weekly」　都築氏が2012年より個人発行している会員制メールマガジン。毎週水曜日、月4回発行。http://www.roadsiders.com/

片山　いえいえ、もっと言ってください。

都築　美術だって文学だって一緒です。本当にすごいもの、本当にオリジナルなものって、それまでにないものだから、いきなり理解されたり評価されたりはできないものなんですよ。

バランスのとれた暮らしなんてつまんない

片山　では次に『着倒れ方丈記』※11の紹介です。

都築　今はなき『流行通信』※12で、これもかなり長い期間連載してた記事をまとめた一冊です。いわゆるハイブランド、それも一つのブランドだけに人生を捧げてる、コアなファンたちのコレクションを見せてもらったシリーズ。ブランドのイメージって、かっこいい家に住んで、かっこいいガールフレンドやボーイフレンドを持って、かっこいい仕事をしてかっこいいライフスタイルをしている人たちが、私たちのかっこいい服を着ています…っていうふうにつくるわけじゃないですか。

片山　さっきの『JAPAN STYLE』がそうですね。

都築　そうそう。でもね、ほんとにかっこいい人は服なんか買わない。セレブは買うよりも、もらったりするから。じゃあ誰が買ってるかっていうと、ハイブランドのバッグをママチャリのカゴに乗せてスーパーに走るおばちゃんだったり、新宿の外れの風呂なしアパートに住んでカップラーメンを食べながら何十万円もする鞄で通勤してる男の

※11　『着倒れ方丈記　HAPPY VICTIMS』青幻舎より2008年に初版刊行。2018年に復刊ドットコムより復刊。

※12　『流行通信』　―INFA

子だったりするわけです。そういう一般人のファンに支えられているのに、ブランドは決してそういうほんとのファンを前面に出さない。大顧客にもかかわらず、ファッションショーにも新店舗のオープニングにも呼ばない。

片山　ブランドから苦情などは……？

都築　いっぱい来ました。聞いてないですとか、うちのイメージに反しますとか。全部無視しましたけど。デザイナー自身は喜ぶんですよ。自分の服を着ている人たちの姿をリアルに見ることができるから。でも周囲が怒る。訴えられかけたブランドもあるんだけど、デザイナー本人が来日して誌面を面白がってくれたら、いきなり手のひら返しで「新店舗の写真撮ってください」とか言われたこともあります。

片山　撮られる人たちは、喜びますか。

都築　いや、恥ずかしがります。こういうコレクターって、シャイだったり、いろんなバランスをとれない人だったりが多いわけで。本当は雑誌に載るなんて嫌でしょうがないけど、それ以上に自分の愛するブランドの代表としてほかの人が載るのが嫌だから、「誰かほかの人が載るよりは」と歯を食いしばって出てくれる。

片山　バランス。

都築　そう。それなりに人とうまくつきあえて、楽しくみんなでわーってやれる人は、問題ないんです。でもこの人たちにとっては、洋服を買うことだけが、外との唯一のコミュニケーションなんです。だからみんな、ショップの店員さんとはすごく親しい。

片山　こういう方々とはどこで知り合うんですか。

Sパブリケーションズより発行されていたファッション雑誌。1966年に『森英恵流行通信』として創刊したが『流行通信』とタイトルを変えカルチャー・ファッション誌にリニューアル。2007年より休刊中。

都築　人づてですね。飲み行くごとに「こういう人いない？」ってずーっと訊いて回ってた。それしかないです。（学生たちに向かって）こういう人たちが世の中には、雑誌に載るようなかっこいいやつの何万倍もいるって、みんな知らないでしょ。でもね、バランスのとれた暮らしなんてつまんないと思うんですよ。バランス崩すくらい熱中できるものがあるほうが楽しいから。断捨離とか、絶対やらないほうがいいと思うし。だって断捨離できる人って、捨てられるものしか持てない人ってことでしょ。洋服であれレコードであれ、どうしても捨てられないものがある人のほうがはるかに幸せじゃないですか。全部捨てられる人は、捨てられる自分しかないってことですよ。

片山　すごく深い言葉ですね……。そして次に紹介する『ヒップホップの詩人たち』[※13]は、ラッパーの方々を取材されたものです。こちらも読んだあと、ヒップホップのイメージがガラッと変わりました。

都築　ヒップホップって、僕が『BRUTUS』の取材でニューヨークに行っていた頃に始まったんですよ。つまり創生期から見ていたわけですが、日本のヒップホップにはあまりなじみませんでした。でも国内のあちこちにクルマで取材に行くようになって驚いたの。地方のスーパーとか夜中のコンビニとかの駐車場にいるとわかるんだけど、今どきの中・高校生ってもう、ヒップホップしか聴いてない。アイドルを聴くのは小学生までなんですよね。

片山　そのお話、かなり意外です。

都築　ヒップホップの専門雑誌は今一冊もないし、テレビやラジオでもほとんど出てき

※13『ヒップホップの詩人たち』新潮社より２０１３年に初版刊行。

ませんからね。それで若者がよく聴いているヒップホップを研究したら、ひと昔前と比べて、リリックがかなり進化しているんです。昔はアメリカ発祥のリリックをそのまま輸入しているような言葉が多かったんですが、ぐっと内面的になってきていて、表現も独自の進化をしています。そのことを広めたくて純文芸誌の『新潮』[※14]で連載していたものを書籍にまとめたのが、『ヒップホップの詩人たち』です。

片山　地方在住のラッパーをたくさん取材されてますよね。

都築　昔はミュージシャンになりたかったら東京に出てくるしかなかったじゃないですか。高円寺に住んでバイトしながらデモテープをつくって送り続けて、レコード会社にフックアップされるのを待つしかなかった。でもインディーズ・レーベルの流通網が発達してきて、配信も自分でできるようになると、東京へ出てくるモチベーションがなくなったんですよね。自分たちの街で自分たちの音楽をつくり、それを自分たちの場所から世界に向けて発信する。そのスタイルの先陣を切ったのがヒップホップでした。だから地方のラッパーたちと連絡を取って、普段の自分がいちばんなじんでいる場所で取材させてほしいってお願いしました。カラオケボックスとか、ファミレスとか、知り合いのやっているカフェとか。

片山　年代は、どのくらいの方が中心ですか。

都築　いろいろですよ。10代から、上は50代まで。高校生ラップ選手権[※15]とか見ていると、いろんな子が出てきます。自閉症だったり、在日だったり、片親だったり、少年院あがりだったり。いろんな事情を持った子たちがマイクバトルで自分のポジションをつくっ

※14『新潮』　新潮社が発行する文芸誌。１９０４年に創刊。

※15 BAZOOKA!!! 高校生ＲＡＰ選手権　ＢＳスカパー!で放送されているバラエティー番組『BAZOOKA!!!』内のコーナー。高校生、および高校に通っている年齢のラッパーたちが、フリースタイルラップのＭＣバトルで優勝を競う。性別・国籍不問。約半年に一度のペースで開催され、２０１９年に第15回を迎えた。

ていく。ヒップホップって何も持っていない子にもできる音楽表現なんですよ。昔はそれがバンド活動だったけれど、バンドは仲間を集めたりギター買ったりスタジオで練習したりする必要がありました。ヒップホップはラジカセ1個あればいい。ヒューマンビートボックス[※16]だったらラジカセすらいらない。ヘロインの密輸で捕まって、オーストラリアの刑務所に居ながら電話ごしにラップしたのを録音してもらって、アルバム出した子もいるくらいです。

片山　それはすごい。

都築　オレオレ詐欺やってた子とかね、いろいろいました。そういう子たちって学校もろくに行ってないし、国語の成績なんてひどいでしょう、当然。そういう子どもが、オリジナリティあふれた表現を生み出す。結局、持たざる者から出てくる表現に勝るものはないっていう気がしてしまう、その端的なのがヒップホップですね。少し前は演歌にも、若い子が決して書けないようなディープな歌詞がいっぱいありました。今どきの、カラオケで歌いやすい人生応援歌みたいなのじゃなくて、「別れる前にお金をちょうだい、そのほうがあなたもさっぱりするでしょ……」みたいなやつ。でもヒップホップやディープな演歌って、いちばんマスメディアから遠ざかっていますよね。

片山　温度差があるんですね……。

※16　ヒューマンビートボックス　人の口から出る音のみでドラムやターンテーブルのスクラッチ音などを再現し、ビートをつくる技術。

コンセプトに意味はあるのか？

片山 都築さんはさらに踏み込んでいかれます。次に紹介する本は、独居老人を取材した『独居老人スタイル』[※17]です。

都築 一時期、取り上げる内容がみんなジジババになってしまったんですよ。それこそ焼き鳥屋で水割りをつくりながら歌っている演歌歌手のおばあさんとか、80代のスナックママとか。若者向けのおしゃれな記事をつくっていたはずなのにね。『独居老人スタイル』はそれでたどり着いた一つの形ですね。

片山 タイトルを見て、ちょっとドキッとしました、最初。

都築 「独居老人」って、寂しい語感を持つ言葉ですよね。誰にも看取られずに死んで、しばらくして発見される、みたいな。でもこれは日本独特の感覚で、英語には独居老人という言葉はないんですよ。なぜならそれは普通のことだから。よく孤独死が問題視されますけど、日本の老人でいちばん自殺が多いのは二世帯、三世代同居です。いちばん少ないのが独居。つまり一人で住んで寂しいうんぬんより、家族関係が険悪だったり邪険にされたり、そういう人間関係のストレスのほうがはるかに人間を壊す。その話を聞いて、そういえば僕がずっと取材してきた、変わってるけど生き生きしてるじいさんたちっていうのは、ほとんど独居。あるいはすごく理解のある奥さんがいるか、どっちかだったんです。

※17 『独居老人スタイル』筑摩書房より2013年に初版刊行。

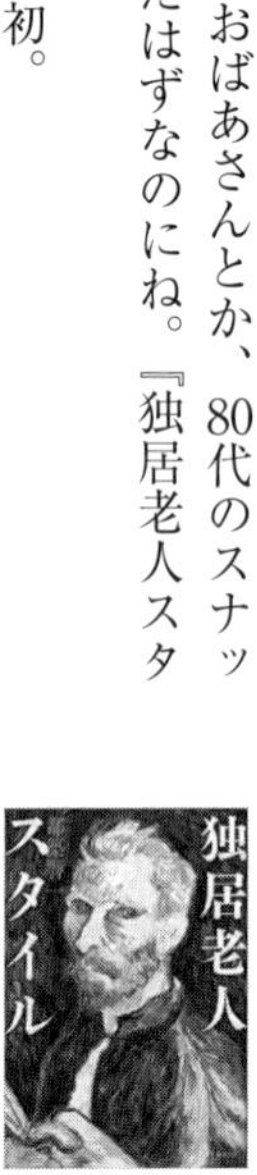

片山　なるほどねえ。

都築　金持ちも貧乏人も、家族がいるのに離れて一人暮らしをしている人も、ドヤに住んでいる人もいたけど、みんなすごいハッピーなんです。そしてとにかく人の話を聞かない。「お酒控えたら」とか「家族と住んだら」とか善意の忠告をされても、耳を貸さない。だからインタビュアーとしては大変なんだけど、個人としてはハッピーにわが道を行く老人たちにものすごく感銘を受けました。例えば首くくり栲象さん[※18]という、首吊りのパフォーマンスを30年間余りも続けられている70代のダンサーの映像、ちょっと流しますね。

（首くくり栲象さんの映像）

都築　すごいでしょ。あと、ダダカンさんという96歳の、全裸で街を走った草分けのパフォーマーとか。ダダカンさんは1964年の東京オリンピックでも全裸で銀座4丁目の交差点を走って捕まって、一時期精神病院に収容されたんだけど誰も迎えに来ず……というような方。60年代にメールアートを始めた草分けのアーティストでもあります。いろんな印刷物やほかの人から来た手紙とかをチンコ型に切って、いろんな人に送って、それを受け取った誰かが、また別の人に同じようにして手紙を送るっていう。今は仙台で一人暮らしをされていて、日課になっているのが、全裸で行う三点倒立なんです。見てください、かっこいいんですよ（画像を映しながら）。

※18　首くくり栲象（くびくくりたくぞう）　アクショニスト。２０１８年3月永眠。

片山　肌とかめちゃくちゃきれいですね。

都築　きれいでしょ。生活費にも困窮しているので、庭に生えてるタンポポをおひたしにして食べようと思ったら、隣のおばちゃんが気を利かせて刈っちゃって困ってます、なんて言っているくらいで。だからたまに、差し入れでおかゆパックとか送ってるんですけど。

片山　食べないほうが健康にいいのかな。

都築　いやいや、栄養失調になっちゃいますから。前に預金通帳を見せてくれたんですが、2か月に一度4万9000円くらいの年金か何かが入金されて、いきなり水道光熱費などで引かれて、残りが2000円になっちゃうとかなので。作品にもこだわらなくて、どんどん人にあげちゃう。それで毎日ハッピーに倒立してる。

片山　達観していますね。

都築　よく勝ち組とか負け組とかいうけど、人生の最終的な勝ち負けって、死ぬ5秒くらい前に「ああ面白かった」って言えるかどうかじゃないかと、最近思うんですよ。どんなにビジネスで成功しても、有名になっても、死ぬ5秒前に「ほんとは音楽やりたかったんだよな、絵描きたかったんだよな」とか思ったら、それはもう遅い。負け組ってことでしょ。逆に、客なんかいなくても自分の好きな音楽をやり続けて、お金もなくて、病気になってもいい治療を受けられず、でも5秒前に「ああ面白かった」って思えたら、もうそれでいいじゃないですか。究極の勝ち組ですよ。

片山　とてもシンプルな生き方でもありますね。

都築　潔癖に自分なりのハッピーを追求しているんだと思います。ただ潔癖すぎると、この社会ではほかの人と交われなくなる。そして、潔癖に生きられない人たちが、本当はうらやましいのに、潔癖に生きる人たちを奇人変人扱いして馬鹿にする。そんな構造がそこかしこにあると思う。だからここにいる学生のみんなには、なるべく潔癖でいてほしい。清い生活をしろっていうんじゃなくて、雑音に惑わされるなってこと。認められなくても、馬鹿にされても、自分がこうだ、と思ったらそれを信じて進んでほしいです。

片山　自分の嗅覚を信じる。

都築　そう。さっきの食べログじゃないけど、他人の評価なんていい加減なんだから。ゴッホ[※19]の才能は、人気画商だった弟のテオがどんなに売り込んでも、生前にはヨーロッパじゅうの絵画愛好家の目利きが誰も見抜けなかった。それが死んだ途端に世界最高のアートになっちゃう。これほど適当なことがあるかって感じですよね。だからいかに評論家の目があてにならないかってことを肝に銘じつつ、簡単にウケない作品をつくり続けていただきたいですね。

片山　すごい至言をいただきました。でも本当にね、都築さんが出されている本は非常に多彩で、類を見ないものばかりなので、時間が許せば本当は全部紹介したいんだけど。今回はごく一部だけ抜粋で。みんな、すごく勉強になるから自分でも調べてね。

都築　次は『夜露死苦現代詩』[※20]ですか。表現ということについて別の角度から。文章を書く仕事をしている僕から見ても、いわゆる「現代詩」って、ほとんど意味がわからないんです。今の日本の現代詩で有名な作品って言われても、興味のあるごく一部の人し

※19 フィンセント・ファン・ゴッホ(Vincent van Gogh、1853−1890) オランダ出身のポスト印象派を代表する画家。弟テオドルス(通称テオ)の援助を受けながら画作を続け2000点以上の作品を制作したが、存命中は1枚しか売れなかったという逸話が有名。

※20『夜露死苦現代詩』新潮社より2006年に初版刊行。

か、名前すら知らないでしょ。それに比べて暴走族の「夜露死苦」って、もう直接的、感覚的にわかるじゃないですか。そういう感じで、現代詩業界に反抗してみた本でもあります。そもそも文学でも美術でも音楽でもなんでも、「現代」って言葉が頭につくと、大抵ろくなことにならない。

片山　現代アートもいろいろですよね。

都築　なぜなんでしょうね。本に収録したものでいうと、例えば痴呆老人の思いがけない発語を収集するために老人介護施設で働いたという人がいて、20年くらい前に『痴呆系』[※21]っていう本を出したんです。そこから「人生八王子」とか、「目から草が生えても人生ってもんだろ」とか「媚びつつ人生ささやか食べ残し」とか「やっぱり鮭なら砂漠にかぎる」「大きなお魚かと思ったら、あんたは痴漢ね」とか。もうすごいんですよ。詩人にもラッパーにも書けないですよね。「あの夏の狸の尻尾がつかめなくって」なんて。

片山　すごいですね。

都築　創作そのものでしょ。でもこうなると、創作の根源とか、創作を学ぶ意味みたいなことを考えてしまうよね。コンセプトとか、意味あるのかって。

片山　断片的な過去のイメージが繋がっているんでしょうか。

都築　砂漠に鮭が飛んでるイメージを抱いたばあさんは、自営業で魚屋をやっていたそうです。そういう頭の中にあるイメージがきっと不思議に結びついたんでしょうね。あるときはそれが夢と呼ばれ、あるときはそれが痴呆と呼ばれるに過ぎないのかもしれない。この『夜露死苦現代詩』は、そういう、詩人がつくったわけではない、すごい詩を

※21『痴呆系―素晴らしき痴呆老人の世界』早田エニ&直崎人士著 データハウスより1997年に初版刊行。

集めて本にしたんです。

片山　無意識的な……。

都築　そう。僕は昔から、無意識的に行われている、創作意識のない制作物にすごく惹かれるんです。さっき教室で流していた音楽は、タイにある使役で酷使されてきた象を救う施設にいる象たちが演奏していた音楽なんです。象って聞くと色モノっぽいけど、知らずに聴くとチルアウト系のニューエイジ・ガムランみたいに聴こえる。その施設では象の描いた絵も安価で売っていて、それを10億円とかのウィレム・デ・クーニング[※22]の絵と並べても、そこに1万倍の値段の違いがあるのか見てとれないんですよ。写真の分野でいうと、写真家の杉本博司[※23]さんの1千万円くらいする写真とよく似た写真を撮る、ミッキくんっていうチンパンジーがいたんです。

片山　チンパンジー？　写真を撮るんですか？

都築　コマール&メラミッド[※24]というロシア出身のコンセプチュアルアートのユニットが、人間以外の動物にアートは可能かを検証するプロジェクトをやったんです。ポラロイドを使って、シャッターを押させるんだけど。犬は人間の心を読みすぎるということで失敗。チンパンジーは、押すと何か出てくる、という現象に興味を持って、シャッターを押せるようになったんですって。でもピントは合わせられない。杉本さんは意図的にぼかしてるわけだけど、ミッキくんはピントを合わせられないからぼける。でもミッキくんの写真のぼけ方も、新しい写真って感じでかっこいいんですよ。前に杉本さんと公開対談をしたときにこの話をしたら「ぼやけ具合が違うんだ」って言われたけど（笑）。

※22　ウィレム・デ・クーニング（Willem de Kooning、1904-1997）　オランダ出身の画家。アクション・ペインティングの代表的な作家、抽象表現主義の創始者の一人として知られる。

※23　杉本博司（すぎもと・ひろし、1948-）　東京都出身の写真家。東京・NYを拠点に活動。日本の古美術収集家としても知られ、2017年10月には構想10年建設10年の複合文化施設「江之浦測候所」を神奈川県小田原市に竣工。

※24　コマール&メラミッド　旧ソ連モスクワ出身のアーティスト、ヴィタ―リ・コマールとアレックス・メラミッドのユニット。ニューヨークを拠点に、ソ連社会主義リアリズムとアメリカのポップ・アートをかけ合わせた芸術運動「ソッツ・アート」を展開する。

片山　すごく仲いいですもんね、杉本さんと。

都築　まあはい。ミッキくんは亡くなってしまったそうなので、存命中に杉本さんとの二人展をやりたかったですねえ。オープニングには作家を招待して。

片山　ミッキくんの作品が価格高騰しそう。

都築　それがですね、すでにしているんです。ミッキくんが亡くなって、作品がサザビーズに出品されたら、4万ポンドで落札されたんですよ。落札の瞬間、落としたコレクターが「Conceptual!!」とか言ってる動画がネットに上がったんですけど、コンセプトなんかないよ（笑）。マーケットが変わるだけで評価も値段も10万倍変わるんだから、ほんと適当なものですよ。

「創作のノウハウ」がオリジナリティを壊す

都築　杉本さんといえば、アートとドキュメンタリーの違いも大事ですよね。杉本さんと僕って、蝋人形館とか、同じ場所を撮ったものがいくつかあるんです。杉本さんの写真を見て、美しいとか、かっこいいなって思う人はいっぱいいるけど、「ここはどこですか」って聞く人はいないと思う。でも僕は自分の撮った写真を見た人に、かっこいい作品ですねって言われるより、ここどこですか、って聞かれたほうが100倍嬉しいんです。それがアートとドキュメンタリーの違いですよね。どっちがいいとか、優れてる劣ってるではなくて。両方兼ねようとしてもなかなか難しい。なので、最初から自分がどっちにいるのかは考えたほうがいいと思います。

片山　目的が違うわけですもんね。

都築　あとね〜、美大生は一度日展[※25]に行くといいです。たいてい馬鹿にするでしょうけど、あれこそが日本最大の美術展覧会だし、多くの美大卒が実際に目指すコースでもある。いち応募者から始まって、無審査[※26]、無鑑査の先生になって、最後は芸術院というのが、いまだに日本の芸術家の「上がり」、そういう感覚がまだありますよね。

片山　ちょうど今やってますね、国立新美術館で。

都築　平成26年度の応募点数が1万2000点くらいあって、そのうちいちばん多いのが書なんです。9200点。書のエリアに行くと、解読不可能な、違いもよくわからないような作品がずらーっと並んでいる。そのままでは読めないので、脇に必ずワープロでなんと書いてあるかが、貼ってある。文字を書いてるのに（笑）。現代美術もそんな感じじゃないですか。わかんなくて当然、みたいな。でもね、いま日本でいちばん普遍的な書って「にんげんだもの」でしょ。

片山　相田みつを[※27]さん。

都築　便所の壁にもホスピスの壁にも、どこにでもある。相田みつをは日本最大の書家であり詩人ですよ。なのに研究書はまだ1冊も出てない。完全に無視されてるんです。好きな人の数はいちばん多いのに。それを褒めなきゃいけないとかではないし、貶《けな》してもいいんだけど、無視というのはよくない。そういうこと考えると、既存の業界からは一瞬でも早く離れたほうがいいと思いますよね。

※25　日展　1907年から開催されている日本最大の公募美術展覧会。政府主催の官展として始まったが、1958年に開催組織の日展が社団法人化したことにより完全民営となった。日本画・洋画・彫刻・工芸美術・書の5つの部門があり、東京で毎年11月に開催されるほか、地方都市で巡回する。

※26　無審査・無鑑査　過去の入選実績などにより、審査員の審査、鑑定なしで出品できる資格を得ること。その作品。

※27　相田みつを（あいだ・みつを、1924－1991）　栃木県出身の詩人・書家。雅号：貪不安（ドンファン）1954年より7年連続で毎日書道展に入選。技巧派として出発するが、伝統的な書道会のあり方に疑問を持ち、独特の書体で平易な言葉を綴る作風を確立。1984年に出版した詩集『にんげんだもの』で、広く知られるようになった。

片山　悩ましいところですね……。

都築　それから、あまり恵まれた環境にいちゃいけない。そう思うケースが最近ほんとに多いです。例えば僕が今いちばん注目している映像作家で、伊勢田勝行さんという方がいます。中学の頃からずっと少女漫画を描いていて、女の子の名前で30年くらい『マーガレット』[※28]に投稿しているんだけど、ずっと佳作止まりで1回も本誌掲載はされてない。関西学院大学を卒業して、いちばん時間が自由になるっていう理由でビル清掃の仕事に就いて、仕事が終わったら実家やファミレスで漫画を描いたり、アニメや特撮の映像をつくったりしている。そして週末は関学の漫画同好会にOBとして顔を出して、机の隅で制作を続けていて、自分の作品を発表するのも、年に一度の関学の文化祭の部室でだけだったという。

片山　ネットで発表もしていないんですか。

都築　していなかったんです。なぜならパソコンが苦手で、携帯電話すら持ってなかったから。だから連絡するときは神戸の実家に夜7時から9時までに直電をかけるか、文通しないといけないんですけど。その伊勢田さんの作品を、優れた自主制作映像を発掘する映像温泉芸社[※29]というグループが見出して、毎年〝伊勢田監督祭〟を始めたんですね。僕はそのイベントで伊勢田監督を知って、取材させてもらったんです。それですごいのが、去年は大阪電通のコピーライターに発見されて、中田ヤスタカさんがプロデュースするアイドルのデビューシングルPVのつくり手に選出されて、その映像が業界を震撼させたんですよ。

※28　『マーガレット』 集英社が発行する少女漫画雑誌。1963年に総合少女週刊誌『週刊マーガレット』として創刊。1988年より月2回刊。

※29　映像温泉芸社　独自の視点で優れた自主制作映画を発掘し、上映会やイベントなどを行うグループ。

片山　いくつくらいの方ですか。

都築　40代後半です。でね、そういうすごい作品をどうやってつくっているかというと、もう中古で1000円もしないようなビデオカメラ2個と、手づくりの撮影台と、セル代わりの、100円ショップで売ってるクリアファイルだけなんです。昔はアニメって、セルという透明のフィルムに描いてたわけですが、今のアニメ作家はみんなタブレットでしょう。セルが手に入りにくくなったから、伊勢田監督はクリアファイルで代用してるという。それでビデオカメラで1枚ずつ絵を撮影して、それをケーブルで直結したもう1台のカメラにコピーしながら編集して、完成。Macとか使ってないの。パソコン苦手だから（笑）。そういうのを見ると、もう機材が揃わないとか、予算がないとかって、ただの言い訳でしかないってことですよね。

片山　学生のみんなも、勇気が出る話だと思います。

都築　伊勢田監督は特撮実写映像も、すべて自分一人でつくってるんです。出演も声優も撮影も衣装製作も監督も、全部自分。主題歌も自分で歌う。関西学院大学のキャンパスで撮影するというので見学させてもらったんですが、ビデオカメラを三脚につけて、自分の演技を引きで撮影して、すぐにチェックして、今度はアップで撮ってまたチェックして……ってずっとやってる。その横をきれいな格好した女子学生たちが、あの人なにやってるの……って冷ややかな視線を投げながら通り過ぎていく。そうやって20年以上、ずっと一人でつくり続けてて、ネットにアップするでもなく、DVDに焼いてイベントのみで手売りしてきたんです。

片山　超ピュアですね。

都築　この人には勝てないな、と思った決定的なところがあって、ファミレスで漫画を描くとき、よく学生時代の詰襟制服を着てるって言うんですよ。40代男性が一人で、学生服を着て、ファミレスで漫画を描いてる。ヤバい光景ですよね。「学園モノだから気分を高めているんですか?」って尋ねたら、そうじゃなくて、漫画を描いていると「漫画家さんですか?」とか話しかけてくる人がいてウザいから、人が寄ってこないようにわざと変な格好をしているんだ、って。それ聞いたときにね、ああ、こういう人には勝てないって思いました。

片山　すべてはモノづくりのためにあるわけですね。

都築　前にメキシコシティで写真の大きなグループ展があって参加したんですが、朝のジョギングが縁で、イギリスでかなり売れてるカメラマンと仲良くなったことがあるんです。空気は汚いし暑いしで、走ってるのなんて彼と僕だけだった。それで一緒に朝食食べながら「誰も走っていないから、変な目で見られて走りにくいよね」みたいなこと言ったら、彼は「え、みんなが走らないから走りやすいんじゃないか」って言うわけ。あ、そうかって。伊勢田監督も一緒ですよね。変な格好して誰も寄ってこなければ自分の制作に専念できる。それが最強です。ちょっと監督の映像を観てみましょう。『B(゜Д゜)T中Ⅱンゲ』[※30]っていうアニメ作品です。オリジナルは字幕もなかったけど、監督の滑舌があまりにも悪くてセリフがよく聞き取れないので、映像温泉芸社が字幕を入れたバージョンです。

※30　『B(゜Д゜)T中Ⅱンゲ』（ばっとちゅーにんぐ）

（『B(゜Д゜)T中IIンゲ』映像が流れる）

都築　最高でしょ。これがボロいカメラ2台とクリアファイルだけでつくられたって思うと、また違う趣がある。うちのＭａｃは遅いとか二度と言い訳できないですよね。

片山　すごいなあ。

都築　こういう人たちにたくさん会ってきて、メルマガで紹介し続けているんですが、今ある創作のノウハウみたいなものがいかにオリジナリティを壊していくかがすごくよくわかる。一つ学ぶごとに一つピュアなものが失われていく。学問や工芸は別ですよ。プロダクトデザインとかクラフトは、トレーニングすればするほど磨かれていく。努力や経験がモノを言う世界だと思う。でもアートは、50年かけてやっとフリーハンドで完全な円を描けるようになったオヤジが、グラフィティやってるガキに一発で負けうる世界じゃないですか。どっちがいい悪いじゃなくてそういうもの。だから本当にアートで勝負したいなら、学校で学んでいたら駄目なんですよ。できることならもう、明日この学校をやめろと言いたいです。

片山　それはちょっと困るけど（笑）。でもそうですね、学校をやめたくないけどアートを目指す場合のアドバイスもいただけると。

都築　最初にもちょっと言ったけど、友だちをつくらないことと、先生の言うことを聞かないことじゃないかな。

片山　ライバルをつくるのはいいんですよね。

都築　うん。みんなライバルだと思ったほうがいい。集団から浮いたら浮いただけ自分は高いとこに来てるんだ、って思えばいいんです。

投稿写真雑誌の逸材たち

都築　なんて真面目な話ばっかりでもなんだから、エロ行きましょう。この話をいちばんしたかったんだ。

片山　お待ちかねの時間ですね。

都築　出版業界にもヒエラルキーみたいなのがあります。エロ雑誌っていうのはまあ下層とされていて、そのなかでも投稿写真系が最も馬鹿にされがちなんですよね。今スライドに映しているのがまさに投稿写真雑誌で、『ニャン2倶楽部Z』[※31]っていうんですけど。かわいいエロいモデルじゃなくて、おっさんが自分の妻とか愛人とか奴隷とかにとんでもないことをさせて、写真を撮って送ってくるタイプのエロ雑誌です。出版界におけるカースト外な存在であります。

片山　これまた大学ではなかなか聞けない話です。

都築　(『ニャン2倶楽部Z』の投稿写真をスライドに映しながら)「婚約者を裏切って視姦マゾ飼育される美形キャバ嬢」みたいなタイトルで投稿してきて、キャバ嬢自体はエロいんだけど、背景に堂々と通りすがりのおばさんが写り込んじゃってる(笑)。5

※31　『ニャン2倶楽部Z』　コアマガジン社が発行していた素人投稿写真雑誌。2015年に休刊。

秒待てばおばさんもいなくなってカンペキなエロ写真が撮れたのに、もうオッサンの目には、被写体しか見えてないの。これが投稿写真のスピリットってものですよ。アマチュアカメラマンの面白さがここにある。

片山　紙一重っちゃ紙一重なんですよねえ。

都築　そう、そのほんの一歩を超えちゃうのが素人で、決して踏み越えないのがプロなんです。でもね、そんなふうに恥ずかしい写真を投稿してくる人は、この雑誌ではエリートなんです。妻なり愛人なり、撮れる相手がいるわけだから。本当の最底辺は相手がいない人たちですよ。

片山　それだと投稿者にはなれないわけですよね。撮影相手がいないんじゃ。となると、純粋な読者になるのかな。

都築　見るだけで満足できる人はそれでもいいんです。でも自分だって発信したいという欲望を持った人たちもいるわけです。そんな彼らが何をするかというと、イラスト投稿職人になるんです。この雑誌には、投稿イラストページが2ページくらい、申し訳程度にあります。そこに20年くらい、手描きのイラストを送り続けている人が、何人もいるんです。作品の返却はしてもらえないし、掲載されるかどうかの連絡もない。編集部にイラストを送って、発売日になったら本屋さんで普通に『ニャン2倶楽部Z』を買って、掲載されたかどうか確認して、どっちにしてもまた描いて送る。それを20年以上、続けている人たちが。

片山　なるほど……。

都築　かなりの逸材もいて、僕はこの雑誌のウェブ版で、そういった異色の才能をピックアップして紹介する連載をしていました。なかでもいちばん有名なのが「ぴんから体操」と名乗る超ベテラン投稿者で、あまりにすごいんで、銀座のヴァニラ画廊で定期的に展示を開催するようになりました。

片山　その方たちにも会って取材するんですか。

都築　編集部から取材を申し込むんですけど、30人以上の投稿者を取り上げてきて、直接会ってくれたのは2人だけなんです。「作品はどんなふうに扱ってもいいけど、会いに来ることだけはやめてくれ」って断られてしまう。いろんな事情があるんだと思います。対人恐怖症だったり、うつだったり。外に出られない障害を持っている人もいるし。だけど20年、こつこつと、日の目を見ずに編集部のゴミ箱に捨てられてしまうかもしれない絵を描き続けている。すごくないですか。そういう人たちを見てると、評価とかどうでもよくならないですか？

僕自身、こういう人たちに顔向けのできないようなことはできないなと思うんです。日本全国で出会った、誰も見ようともしない巨大な珍物件とか、これまで取材させてもらったほんとにたくさんの孤独な表現者たちに後押しされているから、誰が買ってくれるかわからないような本をつくってこられた気がすごくします。美術館がいらないわけではなくて、みんなが馬鹿にしているようなところにも、すばらしい創作のエネルギーがあることだけは、知ってくれたら嬉しいですね。

RAP

1000冊の本を読むより、1冊を1000回読んだほうがいい

片山　ではここから、学生からの質問を受け付けたいと思います。質問したい人、挙手してください。……じゃあ、最初に手を挙げた、目の前の彼女にマイクを。

学生A　ありがとうございます。都築さんは記事や本をつくるとき、どんな人が読者か、ターゲットみたいなことをイメージしていますか？

都築　僕ね、想定読者とか作品を見てくれる層を考えるのって、創作でいちばんやっちゃいけないことだと思っています。例えば僕が、いわゆる女の子向けの雑誌の編集長に抜擢されたとして、読者は25歳から30歳で独身でこのくらいの収入とか、ターゲットを具体的に想定した瞬間にその雑誌って終わると思う。『POPEYE』も『BRUTUS』もそうだったけど、自分で面白いと思うことだけをやっていれば、20代の女の子なのか60代のおっさんなのかわからないけれど、誰かはついてきてくれるって、ずっと教えられてきました。企画書を出すな、会議をするな、想定読者をつくるなって叩き込まれました。それはいろんなことに通じると思います。

学生A　ありがとうございました。

片山　次は……。都築さん、よかったら当ててください。

都築　じゃあ、そこの男の子。

学生B　お話ありがとうございました。僕はずっと、都築さんはマイナー路線を狙って

いて、そういうのが好きな読者が本を買っているんだと思っていました。そうではなく、突き動かされるように本をつくっているというお話を今日は伺いましたが、そうやってつくった本の評価や売れ行きについては、どのように感じていますか。

都築　僕の本は自分の作品集ではなく、あくまでも報道だと思っています。例えば秘宝館って、どんどん潰れてなくなっていくんですね。そういう状況のなかで、僕のつくった本を読んでくれた人が、秘宝館のことを知って、急いで行ってくれたらそれがいちばん嬉しい。それによって秘宝館自体が救われはしないけれど、とりあえず見ることに間に合ってくれたらそれに勝ることはないですよね。評価や売れ行きに関しては、前はやっぱりちょっと気にしてました。でも、年々気にならなくなってます。気にしたからって、どうしたらたくさん売れるかなんてわからないし。そういうことで思い悩む暇があったら、1冊でも多くの本をつくりたい。まあこれは年齢によるところも多いでしょうね。昔はエゴサーチして、ネガティブなことを書かれていたらへこんだもん。

片山　都築さんでもへこむことが。

都築　そりゃね（笑）。『圏外編集者』[※32]を書いたときだってSNSとかで「どうせバブルのオヤジの話だろ」「時代が違うんだよバーカ」みたいなこと書かれるわけ。でもそういうのがあると、今はむしろ燃える。こいつ、次の本ではどうにかして黙らせてやる、って。売れる売れないは時の運でしかなくて、ネガティブな反応を次の制作につなげることが、だんだんできるようになってきました。でも20歳ではそうはいかないだろうから、気にしながらでも耳をふさいで進んでいくしかないですね。質問とずれたかな？

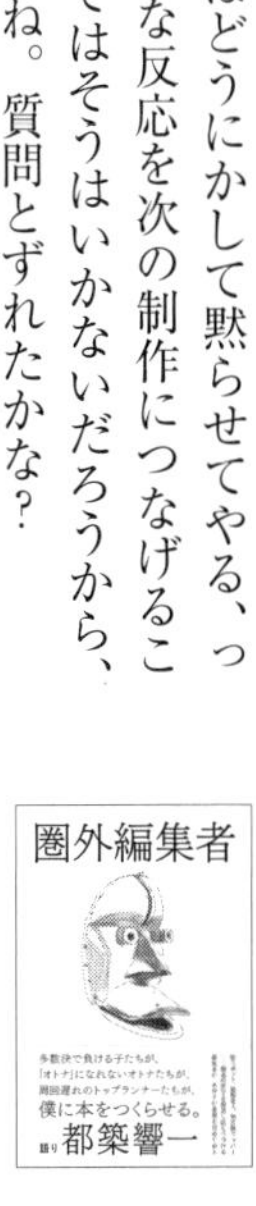

※32『圏外編集者』朝日出版社より2015年に初版刊行。

学生B　いえ、とても参考になります。ありがとうございました。
片山　時間も迫っているので、最後にもう一人だけ。僕が当てていいですか。
都築　もちろんどうぞ。
片山　じゃあ、後ろのほうで手を挙げている、彼女に。
学生C　今日はお話ありがとうございました。先ほどご紹介のあった首くくり栲象さん、私、実際に観に行ったことがあります。廃ビルの地下の、すごくきれいな広い空間で、首くくり栲象さんがゆっくり歩いてきて……。今日、お話をされているとき、みんな笑っていましたけど、私はとてもきれいな印象、かっこいい印象が強くて、笑えなくて。ジレンマというか……。すみません、うまく言えないんですけど。
都築　うん、なるほどね。見る自分のコンディションとか、年齢とかいろんなことによって、表現に対する印象や受け取り方って違って当然だと思います。むしろ、その違いってすごく大事なことだと思う。そして、あなたが栲象さんに美しさを見いだしたなら、それを見続けてあげたらいいよ。イベントと自宅の庭劇場ではまた違う印象だろうし。見続けることによって、あっちは変わらないけど、変わっていく自分というのがわかるってこともある。1回目も2回目も同じ印象を持つのがいいとは限らないから。
片山　そういう側面はすべてのアートにありますよね。
都築　すべての一流のものって、観るたびにどんどん変わって、いつまでも新しいものですよね。僕は一時京都に住んでいたんですけど、高校時代に修学旅行で金閣寺に行っても、何の感慨もないじゃない。でも50くらいになって、気持ちも身体も疲れたときに見ると、めちゃくちゃ感動したりするわけですよ。あっちは何の変化もないのにね。あ あ、それで思い出した。『圏外編集者』にも書いたんだけど、速読ってすごく馬鹿らしくないですか。本を何冊読んだなんて、どうでもいいことだから。１０００冊読むよりも、１０００回読み返す本を1冊持っているほうが、はるかに大事でしょう。だから自分がいいなと思うものに出会ったら、ずっとくっついていくほうがいい。まわりから「え、あんたまた観に行ってるの？」って馬鹿にされるところがスタートだから。見続けてあげてくださいね。

学生C　わかりました。ありがとうございました。

片山　では学生の質問は以上で締め切ります。最後に僕から一つ、ゲストのみなさんに聞いている質問があります。10年後の都築さんは70歳ですが、何をしていたいですか。あるいは、どんなことをしていると思いますか。

都築　うーん。燃え尽きていそうだなあ。無呼吸症候群だし（笑）。田舎で雑種の犬と暮らすような生活もいいかなと思いつつ、まあ結局、同じことやってると思いますね。今はメールマガジンを毎週出してるわけですが、取材したいものはまだまだたくさんあるし、ライバルが出てこない以上はやり続けるしかないです。

片山　やっぱりライバルは必要なんですね。

都築　必要ですよ。僕の場合はもう面倒くさいから、誰かがやってくれるならそれで良くて、読者になりたいんです。でも、僕が取り上げるアーティストたちは、ほかのメディアでは取り上げてもらえない人が多いわけだし、今は「これには負けたくない」って思える雑誌がない。それが寂しいかな。まあ、ここにきてベストセラー印税ウハウハ生活っていう展開はないと思うから、もっと世に出るべきものを一つでも多く紹介し続けて、あんまり売れない本をいっぱいつくって、どっかの取材中にどっかの田舎で倒れて死ねたらすごくいいかな。成功とかどうでもいいというか、成功しないまま楽しく生きてきた人にいっぱい会って話を聞いて、ほんとつくづくそう思います。「面白かった」って言って死にたいですね。それだけかな。

片山　わかりました、ありがとうございました。いやあ、深いお話でした……。

都築　だいぶ時間も遅くなったでしょ。みんな、気をつけて帰ってくださいね。

片山　生き方について、創作について、学生たちも深く考えるきっかけになったと思います。素晴らしいお話をありがとうございました！

都築響一先輩が教えてくれた、「仕事」の「ルール」をつくるためのヒント！

□よく「隙間狙いですか」とか言われるんだけど、隙間じゃないんです。こっちのほうがマジョリティ。

□僕はイタコみたいな感じで、その場所に呼ばれて、ただスピリットを媒介してるだけ。

□オトナになったら、いかに人の忠告から耳をふさぐかっていうトレーニングのほうが大事です。じゃないとオリジナリティが生まれない。

□バランスのとれた暮らしなんてつまんないと思うんですよ。バランス崩すくらい熱中できるものがあるほうが楽しい。

□潔癖に生きられない人たちが、本当はうらやましいのに、潔癖に生きる人たちを奇人変人扱いして馬鹿にする。

□（学校をやめないままアートを目指すなら）友だちをつくらないことと、先生の言うことを聞かないこと。

□自分で面白いと思うことだけをやっていれば、20代の女の子なのか60代のおっさんなのかわからないけれど、誰かはついてきてくれる。

Music for **instigator**
Selected by Shinichi Osawa #016

1	Encore	Nicolas Jaar
2	Crazy Dream (feat. Loyle Carner)	Tom Misch
3	True Love Waits	Radiohead
4	Cross Bones Style	Cat Power
5	Treehouse	Arthur Russell
6	Nobody Speak feat. Run The Jewels	DJ Shadow
7	Become Alive	Dave Harrington Group
8	I Dare You (Demdike Stare Edit)	Micachu
9	Krack	Soulwax
10	No Woman	Whitney
11	Night Swimmers (Mura Masa Edit)	Foals
12	Lately	Massive Attack
13	Soak It Feat. Nonku (Andre Lodemann Remix)	Hyenah
14	Brooklyn	Lake People

※上記トラックリストはinstigator official site(http://instigator.jp)でお楽しみいただけます。

HIGH SCHOOL
RAP

#017

トータス松本

ミュージシャン・アーティスト

1966年、兵庫県生まれ。ウルフルズのボーカルとして、92年シングル「やぶれかぶれ」でデビュー。3年後「ガッツだぜ!!」でブレイクし、その後のアルバム『バンザイ』はミリオンヒットとなり、紅白歌合戦出場。2003年初のソロカバーアルバム『TRAVELLER』を発表。09年8月のウルフルズ無期限活動休止後は、ソロ・アーティストとして活動。14年2月ウルフルズ活動再開を発表。以降もライブを中心にソロ活動も継続。17年「椎名林檎とトータス松本」名義で「目抜き通り」を発表、第68回NHK紅白歌合戦にソロとして初出場。音楽活動と並行し、CM、ドラマ、映画、執筆活動など、多方面で活躍している。

どんなときでも、歌詞を書き曲を書く、
その手だけは止めなかった

中学時代、亀好きが高じてトータスを名乗るように

片山　こんばんは。今日のゲストはウルフルズのトータス松本さんです。instigator＃００４のゲストの本広克行監督にご紹介いただいて、お越しいただきました。

トータス　どうも、はじめまして。トータス松本です。

片山　どうぞお掛けください。ムサビにいらしたのは初めてですか。

トータス　初めてです。大学に来てこんなふうに話すこともないので新鮮ですね。

片山　じつはトータスさんと僕は、大阪デザイナー専門学校[※1]の同級生なんですよね。当時、接点はほとんどなかったんですけど。トータスさんたち以外にも、授業をサボってロビーでたむろしているチームがあったの覚えています？　ＤＣブランドのスーツを着ているパンクのチームで……。

トータス　ははははは。パンクのチーム、いたいた。

片山　いたでしょ。僕がパンクチームで、トータスさんはヒッピーチームだったの。

トータス　そうそう、ヒッピーぽかった。片山さんはスーツか。ＤＣブランドの全盛期だったもんね。

片山　いかにも話が合わなそうだから、どっちもなんとなく距離を置いて座っていたと思うんです（笑）。卒業してだいぶ経ってから後輩から電話がかかってきて、「ウルフルズのボーカル、あのときロビーによくいた、あいつやで」って教えてもらって驚いたん

※1　大阪デザイナー専門学校　大阪市北区にある、学校法人Adachi学園グループが運営するデザインの総合専門学校。

ですよ（笑）。今日はそんな当時のお話も伺いたいと思います。では改めまして、よろしくお願いします。

トータス　お願いします。——こんな感じでいいんですかね。くだけすぎですか。

片山　もっとくだけていただいて大丈夫です（笑）。では子どもの頃のお話から、根掘り葉掘り聞いていきますね。トータスさんは兵庫のご出身です。ご実家が機織り工場なんですね。今、スライドに貴重な写真[※2]が映っています。トータスさんは……。

トータス　膝に抱かれてる。我ながらかわいいな（笑）。

片山　これ1歳くらいですか。

トータス　ですね。おかん、きりっとしてるなー。

片山　どんなご家族でした？

トータス　なんか普通の……じいちゃんばあちゃんと一緒に暮らしてて、7人家族で。途中で、親父の弟が横浜からぷらっと帰ってきて、居候したり、みたいな。

片山　叔父さん、寅さんみたいですね。

トータス　そうそう、寅さんみたいな人で。そんなゆるい感じで、べつに裕福でもなくめちゃくちゃ貧乏でもない、平和な家庭でした。

片山　いきなりディープな質問なんですけど、出生についてのショッキングなエピソードがあるんですよね。

トータス　そう。おふくろがね、僕をお腹に授かったとき、経済的に3人の子どもは無理やって、家の前の道路にあった溝を毎日ぴょんぴょん跳んでいたらしいです。溝って

※2　写真

いってもわからないかな。昔は狭い道路にはよくあったんですよ。まあそうやって無理に身体を動かすことで、自然にどうにかしようとしたらしいんですけど、僕はお腹にしがみついていたんですって。それでおふくろも考えを改めて、生まれてきたわけですけど。まあよくそんなことを子どもに言いますよね（笑）。

片山　その話、いつ聞いたんですか。

トータス　高校生のとき。なんか親子喧嘩みたいなことがあって、あんたなんかほんとはね……って言われたんですけど。いやもうすごいショックでしたよ、がーん！って（笑）。

片山　いやー、そうして笑い話にできるのが、愛されて育てられた証しなのかなと思います。

トータス　ほら、僕らの学年って丙午[※3]じゃないですか。縁起の悪い子が生まれてくるっていう迷信があってね。

片山　そう。学生のみんなわかるかな。子どもの数が少なかったんですよ。うちの学校も、上の学年も下の学年も4クラスあるのに、僕らの学年は3クラスしかありませんでした。同学年の方とこうやってお話しできるのが嬉しいです。ただ子どもの頃のお話を伺っていて意外だったんですけど、わりとインドア派だったとか。

トータス　外で遊ぶよりは家で一人でレコードを聴いたり、スケッチブックやチラシの裏に絵を描いたりしているような、そういう子どもでした。片山さんは？

片山　うん、僕も絵を描いたりしてました。でも野球が好きだったし、外でもよく遊ん

※3　丙午（ひのえうま）
「丙午年生まれの女性は気性が激しく夫の命を縮める」という迷信があり、該当する1966年の出生率は前年比25％減少した。

でましたね。トータスさんは、歌もかなり小さい頃からお好きだったんですよね？

トータス　好きでした。小学校の遠足とか、バスの中でみんな歌うじゃないですか。そういうときも率先して大きな声で歌っていました。あ、遠足っていっても世代が違うから、学生のみんな、ちんぷんかんぷんだったりします？

片山　そんなことはないですよ、大丈夫です（笑）。たしか、3歳にして歌で報酬を得たという話も。

トータス　あれはね（笑）。「長崎は今日も雨だった」[※4]というムード歌謡なんですけど、おばあちゃんの付き添いで病院に行って、待合室で大きな声で歌ったらしいです。そしたら看護婦さんが来て、「どこの歌手がええ声で歌ってるのかと思ったらぼくかー」みたいな感じで、みかんをくれて。それで「歌うとみかんをもらえるんだー」って思った（笑）。

片山　ふふ。初めてのギャラがみかんだったんですね。そして今スライドに映っている写真[※5]が、その頃のトータスさん。

トータス　飼っていたリクガメも写っていますね。こいつは思い出深いな。卵を産んだんですよ。僕、亀がすごい好きで、トータスっていう名前の由来もここからきてます。田舎やから普通にそのへんで釣れるんです。釣ってきては飼って。亀って英語でなんていうのかなって調べたらトータスだったから、それからトータス松本って名乗るようになりました。

片山　え、子どものときから？

※4　「長崎は今日も雨だった」　1969年に発売された、内山田洋とクール・ファイブのメジャーデビュー曲。

※5　写真

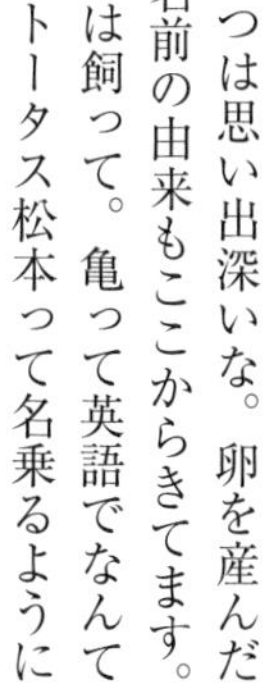

トータス　中学生くらいから。しょうもない4コマ漫画とか描いて学校の掲示板に勝手に張ったりしていたんで、そのペンネームです（笑）。でもね、ちょっと経つと『忍者※6タートルズ』っていう作品が出てきて、一般的な認識では亀ってタートルになっちゃうんですよ。それでよく「トータスってなんですか」って聞かれる。「亀です」って答えるんだけど、わりとみなさん、知らないんですよね。リクガメはトータス、ウミガメをタートルっていうんですよ。写真に写っているこいつはトータスなんです。リクガメ。

片山　亀へ※7の熱い思いが伝わってきます（笑）。貴重な写真、ほかにもお借りしているんです。これは中学生ですか。

トータス　そうですね。バレーボール部時代。もともと僕は小児喘息があったから、体力をつけたほうがいいということで運動部に入ったんです。丸坊主だねー。片山さんはどうでした？

片山　同じです。丸坊主でした。野球部だったから。髪を2本の指で挟んで毛がはみ出たら、ケツバットされていました。

トータス　一緒一緒。先輩たちは工夫して、角刈り気味にしたり、テクノカットでもみあげ落としたりしてましたけど。どうにかしようと思ってアレンジしても、どうにもなりませんでしたね。

片山　同級生だから雰囲気がすごくよくわかる（笑）。懐かしいです。

※6 『ティーンエイジ・ミュータント・ニンジャ・タートルズ』（Teenage Mutant Ninja Turtles） 擬人化した亀4人組が主人公のアクション・ヒーローストーリー。1984年出版されたアメコミが原作のアニメシリーズで、日本では『アイドル忍者タートルズ』として1991年に初放映された。略称「忍者タートルズ」「ミュータント・タートルズ」。

※7 写真

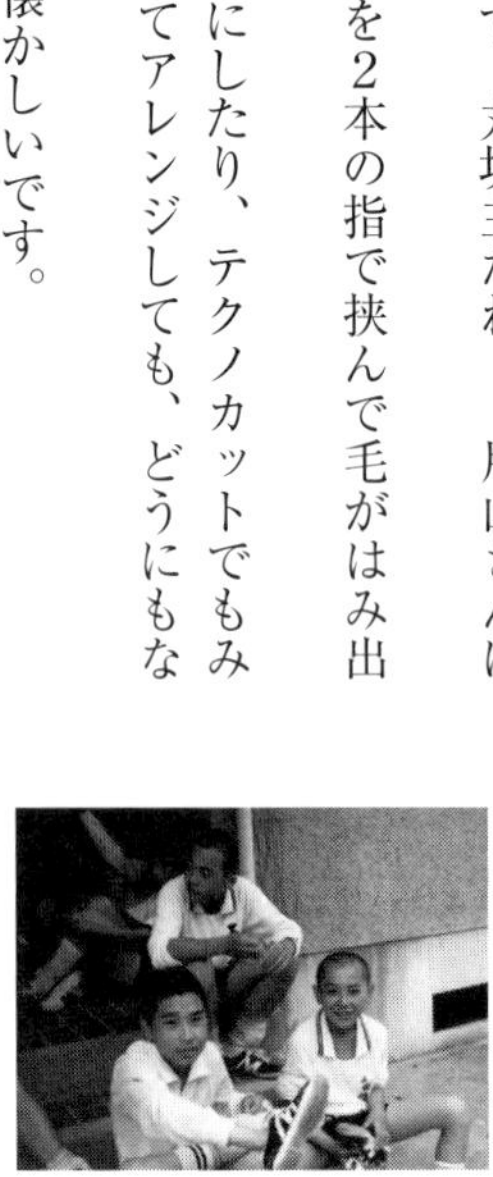

忌野清志郎さんのライブを観て、音楽の道を目指すことに

片山　音楽にハマったのも中学生のときだと聞いています。

トータス　そうそう。バレーボール部に、大崎くんっていう音楽に詳しい同級生がいたんですよ。大崎くんには、ロックとかそういうのが好きな兄貴がいて、兄貴から教わったいろいろなことを、僕ら同級生に教えてくれたんです。今はこういう音楽が流行ってるとかね。同級生みんな、すごい影響を受けてました。なんせ大崎家には、ギターはもちろん、ドラムセットもありましたから。

片山　本格的ですね。お兄さんがやっていたのかな。

トータス　そうなんでしょうね。とんでもなくすごい奴だと思いましたし、同級生だけどグーーッと傾倒して憧れて、真似ばかりしていました。バレーボールを3年間続けたのもそいつがいたからです。バレーボールより大崎から音楽の話を聞くほうがずっと楽しかった。それで中学2年生のときに大崎から「お前も買えば」って言われて、自分も親に頼んでエレキギターを買ってもらったんです。――あ、これ懐かしい写真[※8]。学校の音楽室でバンドの練習していたときの。

片山　かなり立派なセットですよね。

トータス　音楽の先生に「夏休みの間、練習させてもらっていいですか」って聞いてみたら、いいよいいよって快く許可してくれたんです。それで友だちと、持っている楽器

※8　写真

を全部運んで、ずらり並べて。毎日ぎゃんぎゃん練習してました。

片山　トータスさんはドラム？

トータス　この写真ではドラムの位置に座ってますけど、ギターでした。

片山　ボーカルじゃなかったんですね。

トータス　ボーカルは陸上部の、ちょっとやんちゃなやつがやってました。楽器できなくても歌は歌えるじゃないですか。クラスの人気者にマイクを持たせたんですよね。そのほうが盛り上がるから。

片山　お披露目はしたんですか？

トータス　文化祭で出し物をする予定でした。それで夏休み中、みんながんばって練習をしていたんですが、結局、演奏できなかったんです。文化祭を取り仕切る先生からしたら、バンドなんて不良のやるものでしかなかったらしくて。しかもエレキギターでぎゃんぎゃんやる音楽は、すごくとんがったやつしかやらない、っていうイメージで、いい顔をされなくて。

片山　そうでしたよね。僕はベースをやっていたんですけど、やっぱり不良扱いされました。

トータス　ですよね。文化祭当日、準備まではしていたんですけど、しょせんは中学生の進行管理じゃないですか。どんどん時間が押してしまって、僕らのバンドは最後だったから、時間がなくなっちゃって。「あと10分しかない」「でもとにかくやろう！」って舞台に上がったら、先生に「もう消灯だ」ってバーンとブレーカーを落とされたんですよ。もう悔しくて悔しくて。泣きましたし、次の日は学校を休みました。

片山　ずっと練習していたんだもんね……。その頃すでに、ミュージシャンを目指す気持ちがあったんですか。

トータス　そこまでは考えてなかったな。ただ何よりも音楽が楽しくて、ほかの何ものにも代えがたいなあって思ってはいました。

片山　勉強はしてました？

トータス　あまりしてなかったけど、中学のときはそれでも、授業に出ているだけでまあまあできていたと思います。

片山　高校は進学校に行かれたんですよね？

トータス　いや、進学校になりたがってる学校、でしたね。よく調べずにうっかり入ったら、この高校がまた、エレキギター禁止だったんですよ。高校に行ったら軽音部に入ってやりたい放題やってやろうと、わくわくしてたのに。

片山　なんで禁止だったんでしょうね？

トータス　校長先生がとにかく、進学校にするんだってすごい気概を持っていたんですよ。だからギターだとかロックだとか、そういうわけのわからない、勉強のジャマになるようなことはするなと。それでまた悶々として、結局、学校外の仲間とバンドを組んで演奏してました。

片山　では学校では活動できないまま？

トータス　そうなんですよ。本当は学校っていう自分の大事なコミュニティでやって、

そこで人気者になりたかったです。まあ地元のお祭りみたいなイベントに呼んでもらったりして、それはそれで楽しかったけど。でも当時は、知らない人の前でやるよりは、同じ学校の、聞いてほしい女の子とかの前で演奏したかったですね。

片山　その気持ちわかるなあ。でもそうやって活動の場を広げていかれて。高校生のときにはもう、プロを目指し始めるんですよね？

トータス　そう。中学の頃から好きやった忌野清志郎[※9]さんのライブを、高校生になって初めて観に行ったんです。大阪の厚生年金会館に。

片山　アルバムでいうとどのあたりですか。

トータス　『FEEL SO BAD』[※10]。で、FEEL SO GOOD っていうツアー名でした。

片山　ギンギンの頃ですね。

トータス　そうです。やりたいことをいちばんやっていたんじゃないかなという頃。めちゃくちゃかっこよくて、なんかもう、すごくって。でね、清志郎さんが出てきたとたんに、もう、わ——って圧倒されて、「ああいうふうになりたい」ではなく「なる」とものすごい勘違いをしたんです（笑）。

片山　それで、将来が決まった？

トータス　もう、それしか頭になくなりました。馬鹿ですよね、いい意味でも悪い意味でも馬鹿。

片山　その結果、僕らは同じ専門学校に。当時の写真[※11]を映しましょう。ほらヒッピーでしょ。こういう格好している学生のグループがロビーでたむろしてたらすごく目立つで

※9 忌野清志郎（いまわの・きよしろう、1951－2009）1968年から1991年まで活動したRCサクセションをはじめ、数多くのバンド・ユニット等を率いて活動したミュージシャン。

※10 『FEEL SO BAD』1984年に発表されたRCサクセションのアルバム。

※11 写真

しょ。

トータス　わあ、懐かし。これで18歳だよ。老けてるよね。この格好で普通に大阪の街を歩く神経がすごいよね。自分で自分を褒めてやるわ、ほんとに。

片山　いや、でもある意味完成されてますよ、ファッションとして。ちなみに僕はこんな感じ[※12]でした。スーツ着てた。全然タイプ違うけど同級生（笑）。

トータス　えっなに、写真、かっこいいじゃないですか、僕のと違いすぎ（笑）。

片山　これ撮ってくれたのも同級生なんだけど、売れっこカメラマンになってます。横浪修っていうの。

トータス　僕、ＤＣブランドのスーツなんか買えなかったですよ、お金なくて。このとき履いてるの、大阪のひなびた商店街にあるジーンズショップの奥のほうにある、３００円くらいで売ってるズボンですもん。

片山　でもおしゃれですよね。

トータス　おしゃれじゃないよ（笑）。

片山　いや、ムサビ、こういうスタイルの子いますよ。

トータス　それはええな。じゃあ僕、ムサビに来ればよかったんだね。

片山　どうでしょう。ムサビに来ていたら今のトータスさんはありませんからね。でもなんで音楽ではなく、ファッションを専攻したんですか？

トータス　もうね、何もわかってない田舎の高校生ですから、デザイナーの専門学校に行けばものすごい個性的な面白いやつがいるだろうと。きっと音楽の価値観の似たやつ

※12　写真

がいて運命的な出会いもあるかもしれん、って思ったんですよ。それで実家が繊維業で布を織る工場だったから、ファッションならそんなに遠くないと親を説得したんです。狙いは全然別にあるんだけど（笑）。

片山　運命の出会いはありましたか？

トータス　面白いやつにはいっぱい会ったけど、音楽を一緒にやるやつには、学校では出会わなかったですね。

片山　当時の印象だと、ヘビーメタル好きが多かったのかな。

トータス　そうそう、ジャパメタいっぱいいました。みんなぴったぴたの細いパンツに、コンバースを履いて、ロングヘアでね。ちょっと僕の趣味とは違いました。今から思うと、上京して高円寺あたりに住んだら良かったんですよね。でもそういうところまで考えが至らないから、地元の仲間や大阪で知り合ったミュージシャンの卵みたいな人と、セッションしたりライブハウス出たりしながら、学校に通っていました。

片山　ファッションにも興味はあったんですよね？

トータス　ファッションめちゃくちゃ勉強しましたよ。格好は変やけど、根が真面目ですから。学校の先生にも真面目だと思われたと思う。

片山　ファッション方面に進むことは考えませんでした？

トータス　音楽で食っていきたい気持ちは変わりませんでした。先生に説得されて一応、2社だけ就職試験は受けたんですよ。製図を引いて服をつくる試験でした。でもそれに落ちて。そこで本当にふんぎりつきました。もしそこで受かってたら、働きながら音楽やろうとか、守りに入ったかもしれないですけど。
片山　ご両親の反対はありませんでしたか。
トータス　親父はすごい怒りました。どんな思いで学校行かせたんだって。まあ言いたくなりますよ、学費も高いし。
片山　結構、高かったですよね。
トータス　それにうちの親父、怖かったんです。今でも怖いけど、そのときはちゃぶ台ひっくり返しそうなくらい怒ってた。だからこわごわ、25歳まで待ってくれ、ってお願いしたんです。25歳になったら絶対ちゃんとする、それまでお金の援助もいっさいいらんから、やりたいことやらせてください、って頼み込んだの。でも何も言ってくれなくて、どうしようって思ってたら、おかんが横から助け舟を出してくれた。ここはもうしょうがないよお父さん、って。
片山　お母さんのサポートでお許しが?
トータス　まあ、ギターを買ってくれたのも親父ですからね。それでなんとかギリギリ、25でデビューしました。

名物インド喫茶のバイト仲間と「ウルフルズ」を結成

片山　そうして専門学校を卒業して、ついに運命の出会いがあるわけですね。ここからウルフルズの誕生秘話について伺いたいと思います。

トータス　大阪に「カンテG」って書いてカンテグランデと読ませるインド風の喫茶店があったんですよ。もう店構えからして怪しくて、学生時代は怖くて入れなかったくらい。そーっと扉を開けると真っ暗な店内からインドの民族楽器の音が聞こえてくるし、表のディスプレイにあるメニュー表はチャイとかチャパティーとかマスケリアとか、当時の僕にはよくわかんないものばかりだったし。でも気になってはいたから、卒業したある日、勇気を出して入ってみたんですね。そしたらすごい濃いサブカルチャーっていうか、働いている人もみんな雰囲気があって、すごく面白くて。

片山　それは有名な店だったんですか。

トータス　大阪の芸大生や美大生、演劇やってる人、ミュージシャン、そういう人らが集まるような喫茶店でした。喫茶店っていうか、インドを中心に、ネパールやスリランカのお茶を提供している、ちょっとハイセンスな店っていうか。それですぐにここで働きたいと思って、店長に直談判したんです。最初は「募集してないんだよね」ってあっさり断られたんだけど、ここは食い下がらなあかんと思って、「僕は服の裾上げできます」って売り込んだの。

片山　え、それ何の関係があるんですか？

トータス　そのお店、インドの服も売っていたんですよ。それこそヒッピーが着ているような、民族衣装みたいなダラッとした服、あるじゃないですか。店の脇にディスプレイされていたインド服を指して「丈が長いとか短いとか、サイズが合わないとか、そういうお客さんいませんか」って聞いたら、「ああ、たまにいるね」って。「僕はミシンが踏めますから、すぐ直せますよ」と食い下がり、「じゃあ明日から」と採用してもらいました（笑）。服を直す機会なんてそんなに頻繁にないから、だいたいは普通にお茶を入れていましたけど。

片山　トータスさんとしては、入り込めればなんでも良かったわけですね。

トータス　そうそう。それでアルバイトの控室に行ったら、ギターケースがいっぱい置いてあるんです。みんなバンドをやっていて。話しているだけですごい刺激になりました。

片山　ウルフルズのメンバーとの出会いもそこで。

トータス　バイトの先輩に、うちのバンマスのウルフルケイスケとかベースのジョンBがいて、話して盛り上がって、スタジオ借りてセッションするようになったんですよ。それが楽しくて、だんだん本気になっていったんです。行けるところまで行ってみようって。

片山　結成当初から名前は「ウルフルズ」のままですか？

トータス　そうです。１９８８年。22歳のときにスタートしました。

片山　小耳に挟んだんですけど、この instigator の選曲をやっていただいている大沢伸一さんとも、バンドを組んだことがあるとか。

トータス　うん、インストゥルメンタルのフェイクジャズのバンド。ウルフルズも始まっていたけど、京都の友だちに声をかけてもらってギターで参加したんですよ。その頃はもうイケイケで、なんでもやりたかった。ライブも４、５回やりました。サキソフォンがいたりして面白いバンドでした。

片山　京都はジャズ系が盛んだった印象がありますね。

トータス　そうなんですよ。面白いやついっぱいいました。カンテGで夜10時までバイトして、阪急の最終電車で河原町まで行って朝方まで練習して帰ってくる……、みたいな生活をしてたなあ。でもそのバンドは途中で空中分解っていうか、なくなっちゃったんですよね。そのときに僕も、これからはウルフルズのボーカル一本でやっていこうって決めました。デビューしてからモンドグロッソ[※13]っていうバンドが出てきて、その中心人物が大沢くんやったからびっくりしましたよ。「こいつ俺知ってる！」みたいな（笑）。彼も丙午ですよね。

片山　同級生、ちょいちょいいますよね。

トータス　ちょいちょいいるんです。

デビュー後、仕事がなくて草野球に夢中な日々

片山　25歳でデビューする前にも、イカ天――『三宅裕司のいかすバンド天国』[※14]という伝説的なテレビ番組に関連した、東西バンド対決というようなイベントに出場されたりしていましたよね。

トータス　大阪の厚生年金会館でね。東京からイカ天によく出てるバンドを5、6組呼んで、関西のバンドと対決させようという企画。でも関西でメジャーデビュー済のバン

※13　MONDO GROSSO（モンド・グロッソ）　1991年京都にて結成されたバンド。1996年より大沢伸一のソロプロジェクト。2006年に活動休止したが、2017年に14年ぶりのアルバム『何度でも新しく生まれる』をリリースし活動再開した。

※14　『三宅裕司のいかすバンド天国』TBSで放送された深夜番組『平成名物TV』の1コーナー。1989年2月に始まり、1990年12月までに多くのバンドを輩出して幕を閉じた。通称「イカ天」。

ドはいなかったから、代わりにライブハウスにいっぱいお客さんを呼んでいるバンドということで、僕らも出させてもらいました。
片山　東京に行って活動しようとは、考えていなかったんですか？
トータス　デビューが決まったら行こうと考えていました。22でウルフルズを始めて、24くらいまでレコード会社の人に声かけてもらえなかったので、けっこう焦ってました。お客さんは増えてくるんですけど。あ、今スライドに映っている写真[※15]、知り合いに紹介してもらって、初めて東京でライブしたときです。１９９０年の12月。渋谷のeggman。お客さん６人しかいなかったですけど。
片山　６人！
トータス　６人とも友だちでしたから、実質ゼロ。当時人気のあったバンドの対バンで呼んでもらったけど、僕らの演奏になるとみんないなくなっちゃって、終わった頃に戻ってくる感じでした。まあ対バンっていうより前座みたいなものでしたね。
片山　どんな気分でしたか、そのときは。
トータス　いやもう、絶対このハコを満員にしてやろうと思いました。
片山　そんな時代があるんですねえ。
トータス　そんなんばっかりですよ。
片山　デビューはどうやって決まったんですか。
トータス　こんなことしてるうちに、やっぱりレコード会社の人がね、声をかけてくれるようになるんです。出番が終わってライブハウスの前でたむろしてると、名刺を渡さ

※15　写真

れて、喫茶店で「どんな音楽が好きか」とか質問されて。そういうのがだんだん増えてきて、その流れでデビューも決まりました。

片山 事務所は決まっていたんですか。

トータス ちゃんと決まっていませんでした。大阪で出会った森本泰輔という空間デザイナーがいて、当時、いくつもクラブを立ち上げていたんですよ。森本はニューヨークに住んでたんだけど日本に戻ってきて、当時ディスコしかなかった大阪に、ニューヨークのクラブカルチャーを持ち込んだんだよね。そのクラブに生演奏で出させてもらったりしているうちにデビューすることになって、じゃあ自分らで事務所を立ち上げて東京に行こう、という話になったんです。それが今の事務所「タイスケ」です。

片山 へええ。空間デザイナーが、マネージメント業に。それはすごいですね。よほどウルフルズに惚れ込んだってことですよね。

トータス それはどうなんでしょうね。とっかかりは僕らやったと思うけど。

片山 そしてシングル「やぶれかぶれ」※16でデビュー。その少しあとの写真もお借りしているんです。こちら。※17トータスさん、野球してます。

トータス ああ、羽根木公園。この写真知らんわ。暇なミュージシャンが集まって、週2くらいで野球していたんですよ。暇だったから、めちゃくちゃ本気で野球やってました。水筒にポカリスエット凍らせて持っていってた（笑）。とにかく仕事がないんで。

片山 デビューはしたのに。

トータス デビューしたらとんとん拍子でことが運ぶような気がするじゃないですか。

※16「やぶれかぶれ」

※17 写真

全然ですよ。デビュー曲の取材をちょっと受けたきり。ライブもツアーでなければ単発ですから、数か月に1回ですし。僕らだけじゃなくそんなやつらがたくさんいて、ぞろぞろ集まって真剣に野球をやっていました。

片山　事務所からお給料は出ているんですよね？

トータス　そうですね、少し。でも結局売れない日々が続いて、給料ももう出なくなって、バイト生活に突入しました。

片山　その頃の気持ちはどんな感じですか。不安ですよね。

トータス　不安しかないですよ。でも同じ境遇のやつばっかりで集まっていると、「俺らどうしていったらええんやろ、この先」みたいな話には、逆にならないんです。みんな怖かったと思う。でもうわべだけ楽しそうにしてるんです。それがうすら寒くてね。家に帰って一人になると、血の気がさーっと引いて、もうやめようかな、と思うような日が、しょっちゅうでした。

片山　念願叶って、ご両親との約束通り、25歳までにデビューできたのに……。

トータス　デビューするところをゴールにしてしまったのかもね。本当はそこがスタートやのに。スタートの切り方をちょっと間違えたんだと思います。でもやめるきっかけもないし、全く人気がないのかというとそういうわけでもなくてお客さんもいるにはいるし。どうすりゃいいのか、ちゅうぶらりんな感じでした。

片山　僕は24歳で会社をやめたんですよ。で、26歳で会社をつくったんですけど、やっぱり仕事なんか全然なくて、同じような状況でした。バブル末期で、時代が暗くなっていく感じもありましたよね。でもトータスさん、そこをどう切り抜けたんですか。

トータス　自分で曲を書いて、あ、面白い曲ができたな、ってなんとか自分で自分を保って、やる気だけはなくさないようにしていました。ほんとに紙一重でしたけど。あとはうまくいってないときも応援してくれる、レコード会社の方がいたんです。親身になって「こういうことをやってみたら」って助言してくれるのを聞くと、可能性が見えてくるんですよ。それで背中を押してもらって、自分でも出来がいいと思えるセカンドアルバムをつくれたんで、それでだいぶ、気持ちが上向きになりました。

片山　じわじわ知名度が上がっていった感じあります。一般のリスナーとしての印象ですけど。わりと通好みっていうか、音楽にうるさい人が褒めていたり。

トータス　そういうのすごく励みになりましたね、やっぱりね。

「ガッツだぜ!!」のヒットでまわりが変わっていった

片山　そして1995年、29歳のときに「ガッツだぜ!!」[※18]を発表されます。こちらが爆発的な大ヒットに。

トータス　このシングルジャケット懐かしいなー。縦長のやつね。

片山　ちっちゃいシングルでしたね。

トータス　これ、1995年の暮れに出たんですよ。その年、片山さんに言ってもらったみたいにじわじわと、僕らが出す曲がラジオでかかったりとか、面白いやつらがおる、

※18　「ガッツだぜ!!」

と言ってくれる人が増えてきていたんです。1月17日に阪神大震災が起きて、3月に地下鉄サリン事件があって、5月に麻原彰晃が捕まって。ずっと暗いニュースが続いていました。だから時代が、僕らのポジティブなエネルギーみたいなのを欲していたのかもしれない。べつに暗い時代だから明るい曲をつくろうって考えたわけじゃないです。ずっと同じようにやってきただけなんですけど、たまたま世の中のムードと合ったっていうのか。この曲は、最初はなんとなく、昔のディスコソングの「That's the way」[※19]みたいな曲をつくろうと考えていたときに、空耳で「That's the way」が「ガッツダゼ」に聴こえた。もうそれだけのアイディアなんですよね。

片山　それが売上66万枚を超えるヒット作に。こんなに売れると思ってました?

トータス　全然。どちらかというと、ちょっとやりすぎじゃないか、ふざけすぎちゃうかなって。今まで応援してくれていた人に、あれはないわ、くだらない曲を書きやがって、って思われるんじゃないかとびくびくしてました。でもレコード会社の人もプロデューサーもこれ絶対イケるって盛り上がってるし、スタッフも喜んでいるし、まあ信じてやってみよう、ダメでも死ぬわけじゃないし……みたいな。むしろ適当に歌詞を書いて適当に歌った感じです。

片山　そういうものかもしれないですね。かえってヌケがいいというか。でも草野球をやっていたウルフルズが、いきなりの大ヒット。

トータス　本当に想定外で。イケるでしょ、と言っていた人たちだって、10万枚を目指していたくらいでした。それまで良くても数万枚だったから。もちろんミリオンを狙っ

※19　「That's The Way (I Like It)」　アメリカのバンドKC & The Sunshine Bandが1975年に発表したディスコ・ソング。

ていきたい気持ちはあったけど、ゆっくり段階を踏んでいくものだと思っていたんですよ。ところが自分で制御できない流れに突然なって、ちょっと精神的にも変な感じになりましたね。電車に乗るのが怖くなったり。

片山　声をかけられたりもしましたか。

トータス　そうですね。人にじろじろ見られることが増えて、それもすごく恐ろしかった。あと「ガッツだぜ!!」のプロモーションビデオは時代劇風にちょんまげのかつらを被って歌っているから、テレビ番組に出演するときも、当然のようにかつら用意してあるんですよ。「かぶりますよね?」みたいな。あとはとにかく元気でポジティブなイメージだとか。自分の意図したのと違う方向にイメージがうわーと流されていくのも不安でした。

片山　たまたま一つの曲のプロモーションビデオのイメージがそうだっただけなのに、大ヒットしたことで、それがすべてになってしまったわけですね。

トータス　まあそういうことってきっと、音楽に限らず誰でも、多かれ少なかれ、あるとは思うんです。でも「そういうものだ」というふうには、すんなり受け入れられなかったんですね、まだ。

片山　そして「ガッツだぜ!!」も収録されたサード・アルバム『バンザイ』※20が、ついにミリオンセラーに。僕も買いましたけど、すごかったですね、街じゅうでトータスさんの歌が流れていた。まさに時代を象徴する一枚だと思います。生活はどんなふうに変わりましたか?

※20『バンザイ』

トータス　とにかく、忙しかった。１９９６年前後のことはほとんど記憶ないです。朝から晩まで仕事をしていました。テレビにも出て。

片山　それは求めていた生活だったんですよね？

トータス　そうですね。でも想像以上のめまぐるしさで……。もうちょっと普通の精神状態でやれると思っていましたけど、無理でしたね。めまいとか、身体にも影響が出てきました。

片山　トータスさんってタフなイメージがありますけれども、さすがに……。

トータス　それも「ガッツだぜ!!」とか、元気な歌のイメージなんですよ、きっと。元気じゃなくはないけど、普通です。もともと小児喘息で虚弱だったくらいで。

片山　そうでした。言われてみると、僕も勝手なイメージを持っていましたね。アルバムタイトルにもなっている「バンザイ～好きでよかった～」はのちにシングル・カットされてまた大ヒットになりました。こちらはトータスさんとしては、どんな作品ですか。

トータス　かなり思い入れがあって、今でも歌います。本音を言うと「ガッツだぜ!!」よりも、こういう曲が自分ではやりたかった。シングル・カットの話が出たときは単純に嬉しかったですね。でもこの時期でなければ書けなかった曲です。

片山　そして、さらに忙しく。

トータス　ほんとに大変でした。少しずつ売れていったなら、そこまでひどくはなかったと思うんです。いきなりだから。歌番組でも居心地が悪かったなあ。ずっとテレビで見ていた人たちがずらっといるなかに、ぽんと座らされるわけですから。

片山　アウェイな感じというか。

トータス　うん。そこにすっと意識を変えてすっと入っていくのも仕事のうちなんです、ほんとはね。それから、事務所に先輩ミュージシャンがいればまた違ったと思います。でも事務所も僕らが初めてですからね。何を指針にしたらええかわからへん。そしてもっと良くないことに、これまで忌憚なき意見を言ってくれていたレコード会社の人たちまで、急に遠慮がちになってしまったんですよ。

片山　スターに余計なことを言ったらいけないっていう、自粛モードになっちゃったんですね。

トータス　そういうときこそ「お前ら、売れたからってええ気になったらあかんぞ」って言ってほしかったんですけど。

片山　急に敬語になったり？

トータス　そうそう、わかりやすくそうなる人がいっぱいいました。疎外感というかよそよそしさというか。なんでもっと前みたいに仲良くしてくれないんですかっていう、もどかしさもありましたね。

片山　トータスさんは変わってないけど、まわりがどんどん変わっていくんですね。

トータス　そのうえ、いろんな話がいっきに来るんですよ。本を書きませんか、とか。あれしませんか、これしませんかって、ぶわーっと来るんでね。処理しきれない。

片山　そうですよね。事務所だってまだ新しいから、対処の仕方も。

トータス　わからないんですよね。マネージャーだっててんてこまい。

片山　でもそんなふうに大変な思いをされているなんて全然、わかりませんでした。ただもう、大ヒットでミリオンセラーでスターですごいな、って感じ。
トータス　もちろんしんどいだけじゃなくて、いい出会いや、いい思いもいっぱいあったし、本当に貴重な経験させてもらったんですけどね。
片山　そして1996年には、第47回NHK紅白歌合戦に初出場。
トータス　紅白は、嬉しかったです。やっとこれで親父とお袋にも喜んでもらえるなって。
片山　喜んだでしょう。じつは僕もNHKの『プロフェッショナル』[※21]に出て、やっと「続けていい」って言われたんです。
トータス　ええっ、そんなときまで反対されていたんですか。
片山　うち実家が家具屋なんですけど、30歳くらいまでは「いつ帰ってくるんだ」ってずっと言われていたんですよ。そのあともしばらく怪訝な顔をされていましたけど、テレビに出たらやっと安心したみたいで。親ってそんなものなんでしょう。
トータス　たぶん世代的に、NHKっていうのも強いんでしょうね。

30歳を過ぎて、やっと「歌うのもええなあ」と思うように

片山　そうして大メジャーになって、2000年には「ウルフルズがやって来る　ヤッサ！ヤッサ！ヤッサ！」ライブ・イベントが始まります。

※21　『プロフェッショナル』
2006年1月10日に放送が開始されたNHK総合テレビジョンの情報・ドキュメンタリー番組。片山正通教授の放送回は第131回（2009年11月24日放映）

トータス　これはね、大阪の万博公園っていう、１９７０年に大阪万国博覧会があった場所の30周年記念のイベントだったんです。最初は大阪市側から、何か盛り上げたいんだけどって提案があって、うちのマネージメントがライブをやらせてくれって押したら通ったんですよ。万博公園の太陽の塔がある広場に大きな舞台を設営して、毎年夏にライブをやらせてもらっています。

片山　1万人以上の人が来るという。

トータス　ねえ。ほんとに毎年たくさん人が来てくれて。

片山　大ヒットが続き、大きなイベントも成功させて、２００１年、「明日があるさ[※22]（ジョージアで行きましょう編）」がまた大ヒット。

トータス　これはまあ、坂本九[※23]さんのカバーですけどね。缶コーヒーのジョージアのCMがきっかけで。

片山　どういう経緯で歌うことになったんですか。

トータス　もともと坂本九さんのことが大好きで、草野球をやっていた売れない頃、ライブのアンコールでよく「明日があるさ」を歌っていたんです。売れないバンドみんなで。明日がわからないのにね。それでたまたま「明日があるさ」を使ったCMの話が来て、その歌好きやから歌うわ、って軽く引き受けたら本家とは歌詞が違って驚きました。でもストーリー仕立てのCMで、好評やったみたいで何本かシリーズもつくられて、そのうち歌のほうもシングル・カットしたらえんちゃうか、みたいな話になってきたんですね。

※22　「明日があるさ」

※23　坂本九（さかもと・きゅう、1941-1985）「上を向いて歩こう」や「見上げてごらん夜の星を」、「明日があるさ」など世界的に知られるヒット曲を出した歌手。テレビ番組の司会も多くマルチタレントして活躍した。

片山 この頃にはもう、忙しい日々にも慣れてきたんじゃないですか。自信もたっぷりついて。

トータス いやぁ、どうでしょうね……。でも歌を歌うのは楽しくなってました。子どもの頃から歌は好きだったけど、バンドを始めた当初はギタリストに憧れていて、特別ボーカルをやりたいわけじゃなかった。ウルフルズでもウルフルケイスケに「松本くん歌って」って言われてなんとなく歌うようになっただけで。ようはそれまで、歌を歌うことに対して腹をくくることのないままやってきたんですよ。それが30代になってやっと、歌うのええなあって思えてきた。「明日があるさ」でようやく、職業としての歌うたいに目覚めた気がします。

片山 意外ですね。「稀代のボーカリスト・トータス松本」というか、歌うために生まれてきたようなイメージありますけど。

トータス バンドのボーカルって意外とそういう人が多いと思いますよ。ほかに歌い手がおらへんかっただけとか。

片山 じゃあ場合によっては、ギターに戻る可能性もあったわけですか。

トータス 前はありました。自分が思う存分ギターを弾けるユニットを別につくろうかな、とか。今でもギターという楽器はすごい好きです。弾いている姿もかっこいいじゃないですか。

片山 僕はウルフルズっていうバンドは最初から全然ぶれずにきたのかと思っていたんですよ。でもトータスさんがそんなふうに考えていたのが意外です。それに一時期、ジョンBさんが脱退されて、3人の時期もあったんですね。
トータス　そうそう。「明日があるさ」はまさにその時期です。
片山　1999年から2003年までの3人体制のウルフルズは、いま振り返るとどんな時期でしたか。
トータス　いっそ開き直って、全然違うことをやろうと思って1枚アルバムをつくったんですよ。そしたらあまりにも評判が悪くて、ライブでお客さんの数もいっきに減って、へこみました。
片山　「明日があるさ」のヒットがあっても？
トータス　「明日があるさ」はそのあとなんです。全然違うことやってみたらウケなくて、まずいと思って、じわじわ軌道修正して元に戻していきました（笑）。
片山　ジョンBさんは2003年に戻ってこられるわけですけど、そのあいだ、何をされていたんですか。
トータス　ベースをやめて、もの書きになるとか言ってましたよ。生意気な（笑）。
片山　独特なムードをお持ちですよね。
トータス　ある意味、僕と対極なんです。僕は表向き、「行くぞオラーッ」みたいなキャラじゃないですか。自分でいうのもなんやけど（笑）。で、その横でなんとなくふにゃっとアンニュイな感じのあいつがいて、ウルフルズのバランスがとれてるんですよね。
片山　アクセルとブレーキみたいな。
トータス　そうそう。彼はウルフルズのなかにいながらウルフルズを俯瞰で見てるというか、どこか斜に構えて見てる感じがある。あの目線をなくしたときはやはり痛かったです。

突然「二代目・三船敏郎」を目指す役者病にかかる

片山　本広監督の『UDON』[※24]という映画にトータスさんが出演されたご縁で、本広監督がセッティングしてくれて、3人でごはんを食べましたよね。このときかな、初めて、トータスさんにお会いしました。

トータス　そうでしたね。

片山　俳優業はどういうきっかけで始められたんですか。

トータス　2000年くらいからテレビドラマの仕事をもらうようになりました。ユースケ・サンタマリアがひっぱってくれたんですよね、たぶん。ユースケとはスペースシャワーTVの『夕陽のドラゴン』[※25]っていう番組の司会を一緒にやってたんです。二人とも無名で売れないときに始めたんですけど、途中で僕は『バンザイ』で、ユースケも『踊る大捜査線』[※26]でばーんと忙しくなって、やめざるを得なくなったんです。

片山　それから『UDON』で再共演ですか。

トータス　そう、僕、讃岐うどニストというか、うどん大好きなんです。だから監督に呼ばれたと思っていたんですけど、そういうわけでもなかったようで。

片山　本広監督もうどん好きですからねえ。

※24『UDON』（うどん）２００６年公開の日本映画。監督・本広克行、主演・ユースケ・サンタマリア、小西真奈美。トータス松本氏は主人公の幼なじみ、鈴木役で出演。

※25　『夕陽のドラゴン』　１９９５年４月から１９９７年３月までスペースシャワーＴＶで放送された音楽バラエティ番組。

※26　『踊る大捜査線』　フジテレビ系で放送された刑事ドラマシリーズ。主演織田裕二。連続ドラマとして１９９７年１月〜３月に「火曜21時」枠で放送。その後シリーズ化されテレビドラマ・映画・舞台で展開、スピンオフ作品も数多くつくられた。

トータス　めちゃくちゃうどん食いますよね、あの人。

片山　トータスさんは役者としても人気じゃないですか。このまま演技のほうを本格的にやっていこう、と思われたことはありますか。

トータス　ええとね、ウルフルズでずーっとやってきて、ちょっと楽曲をつくりすぎて煮詰まっているときにこういう仕事が来ると、そう思うこともありました。どういう勘違いするのか知らんけど、もう役者でいったほうがええんちゃうかって。曲をつくるために音楽以外にも映画とか本とかでインプットするんですけど、黒澤明[※27]監督の『七人の侍』[※28]とか『用心棒』[※29]とか『椿三十郎』[※30]とか観たら感情移入しすぎて、もう三船敏郎[※31]本人みたいな気持ちになってきて、「俺、音楽やめて二代目・三船敏郎になるわ」って宣言してまわりのスタッフを困惑させたこともあるんですよね（笑）。猪突猛進っていうか、これだ、って思ったら性格的にこう、ばっといくタイプなんですよね。

片山　それはいつ頃の話ですか。

トータス　『UDON』の前です。ほとんど熱病みたいな感じでした。「役者になりたい病」。

片山　トータスさんにとって、演じるってどんな感じなんでしょうか。歌うこととは違う？

トータス　全然違います。だって、全くの別人になるんですよ。トータス松本でも、本名の松本敦でもない誰か。台本に家族構成まで書いてなくても、どんな家庭で育ったんかなとかいろいろ考えてみて、まあ役作りというほど器用にはできへんけど、そういうの考えるの楽しいですよね。そのうえで、このセリフはどういうふうに言うのがいいの

※27　黒澤明（くろさわ・あきら、1910－1998）映画監督、脚本家。1990年日本人初のアカデミー名誉賞を受賞。1999年には米週刊誌『タイム』アジア版の「今世紀最も影響力のあったアジアの20人」に選出されている。

※28　『七人の侍』　1954年公開の時代劇映画。監督・黒澤明、主演・志村喬、三船敏郎ほか。

※29　『用心棒』　1961年に公開された時代劇アクション映画。監督・黒澤明、主演・三船敏郎ほか。イタリアで『荒野の用心棒』、アメリカで『ラストマン・スタンディング』と翻案リメイクもされている。

※30　『椿三十郎』　1962年公開の時代劇アクション映画。監督・黒澤明、主演・三船敏郎ほか。前年公開の『用心棒』の続編的作品とされる。

かなって考えるのは、歌うときと全く違う脳みそを使っていると思う。それが楽しいんですよ。

片山　役になりきるんですよね。

トータス　なりきりますね、その人の人生なんか知らんのにね。

片山　「役者になりたい病」はどのように変化したんですか。

トータス　「サムライソウル」[※32]という曲が書けたときに、やっと脱出できました。これからも気分は侍で、歌を歌っていこう、って。

片山　「サムライソウル」の歌詞には「みふねとしろう」が隠れてるんですよね？

トータス　そうそう。あいうえお作文で。

み・見たまんまのいかにもテキトーな
ふ・フザけた男と思ってたんやろ
ね・熱しやすく落ち込みやすい
……みたいな（笑）。

片山　この頃から、ソロの活動もされていますよね。音楽で。

トータス　ソロはね、ジョンBがいない頃、『TRAVELLER』[※33]っていう、自分が聴いてきたリズム&ブルースのカバーアルバムを出しています。ありがたいことに結構、評価していただいて。そうこうしてるうちにジョンBが戻ってきて、『ええねん』[※34]ってアルバムをつくって、4人のウルフルズがまた始まるんです。そのあと2作くらいつくってから僕が役者病になって、そして2006年に「サムライソウル」って感じ。

※31　三船敏郎（みふね・としろう、1920－1997）1946年に東宝ニューフェイス第1期生として入社。1946年、映画『銀嶺の果て』（監督：谷口千吉、脚本編集：黒澤明）で役者としてデビュー。翌年公開の『酔いどれ天使』（監督・黒澤明）で主演を務め、15本の黒澤作品ほか、国内外の数多くの映画に出演し、世界的にその名を轟かせた。

※32　「サムライソウル」

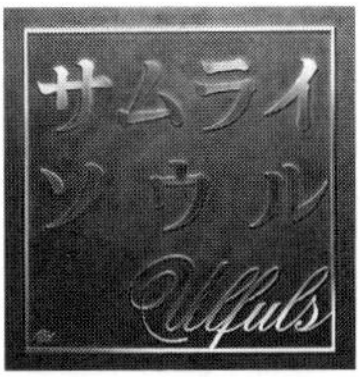

instigator
Open Lecture —hosted by Masamichi Katayama @7_401

片山　そのあと『FIRST』[※35]『MYWAY HIGHWAY』[※36]『NEW FACE』[※37]と、ソロアルバムが続きますね。２００９年から２０１２年にかけて。

トータス　いろんなことをやってみたい時期ではありましたね。年齢的にも40を過ぎてくるわけで。ベタに言うと、ヒット曲をつくりたいんですよ。ただウルフルズという枠だとどうしても「ガッツだぜ!!」や「バンザイ～好きでよかった～」のイメージにとらわれてしまう。曲をつくるときにもどうしても、そういうイメージが自分のなかにもあるんです。だからウルフルズから離れたところでも曲をつくってみたいって思ったんですよね、きっと。

片山　では、将来的にはソロもまた。

トータス　もちろんやりたいです。モードを切り替えて音楽をやれるので。

片山　やっぱりつねに新しい挑戦をされているんですね。

トータス　「今とは違う何か」を考えるのが好きなんですよね。次にどんなことができるだろう、っていつも考えています。

音楽を熱心にやっているから、演技も振り切れる

片山　[※39]役者病は脱したと言われましたけど、２０１０年にはＮＨＫの大河ドラマ『龍馬伝』[※38]にジョン万次郎という重要な役で出演されています。やはりジョン万次郎について調べて、なりきったんでしょうか。

※33『TRAVELLER』

※34『ええねん』

※35『FIRST』

トータス　オファーが来てから調べて、そんなすごい人は荷が重いわと怖気づいて、最初は断ったんですよ。でも、まわりのスタッフは大興奮で。まあ、ちょうどスケジュールも空いていたので、お受けすることにして、髭も自毛で、ぼさぼさに伸ばしました。

片山　うちの息子が歴史大好きなので一緒に観ていたんですが、はまり役でしたよね。

トータス　ものすごいプレッシャーもあるんですけど、やはり得るもののほうが多いんですよね。

片山　先日は非常にシリアスな役柄にも挑戦されましたよね。NHKドラマ『スニッファー 嗅覚捜査官』[※40]の第2話、仙崎という、犯人役で。

トータス　初めてのシリアス役。繊細なスナイパーなんですよ。これもね、面白かったです。ジョン万次郎はどちらかというと、「ガッツだぜ!!」に近いイメージでした。対して仙崎は、真逆のような人物像。こういう印象の全然違う役を演じさせてもらうのはすごくありがたい経験です。振り切っといて良かったという気がします。

片山　今回も役作りのようなことはされましたか。

トータス　監督さんが相談してくるんです。このシーンはどういう感じですかね、仙崎というのはどういう心境でしょうかって。答えざるを得ないから、一生懸命考えましたね。たぶん、ウルフルズを熱心にやっているから、演技も振り切れるんだと思いました。ウルフルズが止まっているときは、やはりどこかで居心地の悪さが、自分のなかにあったんです。音楽を100パーセントの力でやっているから、演技もやれる。そういう時期なんだと思います。

※36『MYWAY HIGHWAY』

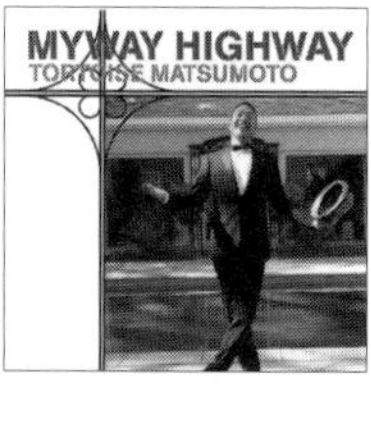

※37『NEW FACE』

※38『龍馬伝』　2010年に放送されたNHK大河ドラマ第49作。坂本龍馬の生涯を描いた作品。主演・福山雅治、脚本・福田靖。

※39　ジョン万次郎（ジョンまんじろう、1827－1898）鎖国期の江戸時代末期、漁の最中に遭難したところをア

片山　今お話がありましたが、ウルフルズは２０１４年に、６年ぶりとなる12枚目のアルバム『ONE MIND』[※41]を、翌年に13枚目の『BORN TO BE WAI WAI』[※42]を発表されました。ここからまた、本格的に再始動されたんですよね。

トータス　そうですね。メンバーとは30年近いつきあいやし、気心も知れてるなかで、どれだけお互いがお互いの鮮度を高め合いながらやっていけるか。それが課題になってくる反面、知らないもん同士じゃできないことをできるという強みがあります。年もとって、フレッシュじゃない良さっていうのもあると思うんですよね。そういうところを表現していけたらと思うんですけど。

片山　バンドメンバーってどんな感じなんですか。家族みたいな？

トータス　うーん、わりといつも喩えるのは、部活動ですね。僕の場合は中学時代のバレーボール部になるんだけど、ありとあらゆる、そいつの体操着の匂いまで知ってしまっているのに、それが嫌じゃない人との集まりっていうのか。まあ時には嫌いなところもあるかもしれないけど（笑）。

片山　家族とも違うし兄弟とも違う？

トータス　うん、永遠に続いている部活動みたいなイメージかなあ。歯の浮くような言葉ですけど、運命共同体みたいなとしか言いようがない。どうして出会ったのかわからないけど、奇跡というか、この４人でしかわからない、できないことですから。まあ僕がいちばん多く言葉を吐きますから、その分失言も多くて、たくさん傷つけたと思うし、メンバーにいろんな思いをさせたと思います。

メリカの捕鯨船に助けられ、そのままアメリカに渡った、日本人で初めてアメリカに足を踏み入れた人物。のちに日米修好通商条約の締結に尽力することになる。

※40『スニッファー 嗅覚捜査官』　世界60か国以上で放映権が取得されているウクライナのテレビドラマシリーズ『スニッファー ウクライナの私立探偵』の日本版リメイク。２０１６年にＮＨＫ総合の土曜ドラマ枠で放映された。主演・阿部寛。

※41『ONE MIND』

片山　一緒に過ごす時間が長いといろいろありますよね。しかも一般的にはなかなかできないレアな経験を共有してきているわけですから。でもね、そういういろんな思いや経験を経て、すごく勇気をもらえる素敵な曲をまたつくられたんですよね。これ、ＰＶを流したいと思います。「ロッキン50肩ブギウギックリ腰」[※43]。

（「ロッキン50肩ブギウギックリ腰」のＰＶが流れる）

（会場　笑いと拍手）

片山　ね、すごく深いと思うんですよ。自分の運命を受け入れて、そのうえでポジティブに表現してお笑いに昇華しているっていう。

トータス　これね、すごいのは僕らじゃなくて、監督ですよ。「ガッツだぜ!!」と同じ、竹内鉄郎っていう映像監督。ちなみに彼も丙午です。「ガッツだぜ!!」から20年の月日を経ているのにもかかわらず、発想に全く衰えがない。なぜはとバスで、同じ格好した僕らが訳のわからん踊りを踊り歌わないかんのか。いやー。一緒にやれて楽しかったです。

片山　熟練の技でどんどん渋い方向へ行くかと思いきや、すこーんと抜けた感じのままなんですね。

トータス　そうそう。昔っから変なビデオばかり撮るからね。今回のテーマは「おっさんの連帯感」[※44]らしいですよ。具体的にどういうことって聞いたら、このおかしな格好をさせられて。HIDARIっていう、不思議なダンスをするチームにも入ってもらって。一

※42『BORN TO BE WAI WAI』

※43「ロッキン50肩ブギウギックリ腰」アルバム『BORN TO BE WAI WAI』収録。

人一人の動きはそんなに複雑じゃないんですけど、動きを微妙にずらしたりすることによって嘘みたいな面白い踊りになるっていう、そういうことを追求しているクリエイティブチームなんですけど。

片山　こちら、振り付けが最も優れたミュージックビデオということで、スペースシャワーミュージックアワードを受賞していますよね。先日のライブでも踊っていらして感動しました。そして歌詞は、頻尿とか偏頭痛とかヘルニアとかそういったワードが続々と……（笑）。全部、身近な話題ですもんね、この年になると。

トータス　まあね。ここにいる学生のみんなも、そのうちわかります（笑）。

片山　ボヤきたくなるところを、ぐっとポジティブに。

トータス　だって、そんだけがんばって生きてきたんだなあって思うと愛しいじゃないですか。老眼になってきて、見えへん見えへん言ってる自分、愛しいですよ。

片山　捉え方一つで変わるんですよね。同年代として、すごく元気をもらいました。そしてウルフルズは来年２０１７年には、デビュー25周年の記念すべき節目です。トータスさんご自身は、この年末、12月28日に50歳の誕生日を迎えます。僕は誕生日が夏だったのでひと足お先に50になったんですが、自分としては、変な言い方ですけど、専門学校出てあがいてた25歳前後の頃と、そんなに感覚が変わっていない気がするんです。まだまだ前進できるっていうか。トータスさんはどうですか、今の感じ。

トータス　僕も似ていると思います。感覚的にはまだ20代なんですよね。波はあったけどそこまでモチベーションが下がったことはないし、もっと目立ちたいと思うし、もっ

※44　HIDARI　人間への振り付けのみならず、目に見えるモノをリズミックに変化させ、物や映像視点などの動きも振り付けのプロセスに組み込み、視聴者のリアクションを最大限に導き出す「動き」のプロフェッショナル集団。（公式サイトより）

とやりたいと思うし、まわりに負けたくないという気持ちもある。なんでもっとおとなしく収まってくれへんのかなと思うこともあるけど、50になっても変わらないなら、もうずっと変わんないんだろうと、いっそハラくくれる感じがあります。身体は、あちこち痛くなったり、老眼になってきたりするけど、頭が冴えている間はまだまだ先へ行ける気がしていますね。だって実際に、僕らの上の世代の60代のミュージシャン、みんな元気じゃないですか。

片山 ローリング・ストーンズ[※45]なんかもね、70超えてもあんなにパワフルにやってるわけですからね。

トータス そう考えたら、まだまだひよっこですよ（笑）。

くそ生意気な、誰の言うことも聞かへんジジイになりたい

片山 ここから学生の質問を受けたいと思います。質問のある人は挙手してください。今日は僕が当てていきますね。では、前から3列目の赤い服の女性。

学生A 貴重なお話をありがとうございました。もしあれば、ライブやほかの仕事の前にするゲン担ぎのようなものを教えていただきたいのですが、何かそういうの、ありますか。

トータス ゲン担ぎかぁ。靴下を左から履くとかそういうのだよね？　ええと……、ライブに関していうと、ライブ当日にはうどんを食べるようにしています。ずっと月見う

※45　ザ・ローリング・ストーンズ（The Rolling Stones）
1962年にロンドンでブライアン・ジョーンズ、イアン・スチュワート、ミック・ジャガー、キース・リチャーズによって結成されたロックバンド。結成後間もなく、ビル・ワイマンとチャーリー・ワッツが参加。

どんだったけど、最近は肉うどん。

片山　うどん、お好きですね。きっかけは何かあるんですか。

トータス　いつだったかな、95年あたり……だんだん知名度が上がってきた頃に、イベンターさんにとある大物女性歌手がコンサートの前に必ず麺類を食べるって話を聞いたんです。うどんじゃなくてパスタだったかもしれない。ちょっと忘れちゃったんだけど、とにかくそれを真似したんだよね、なんだかアーティストって感じでかっこいいなと思って。うどん好きだし。

片山　月見うどん、肉うどんというのは意味があるんですか?

トータス　それは腹持ちの話です。うどんだけじゃ物足らんから、卵でも落としたほうがいいかと思って、月見うどんを20年間ずっと、ライブの3、4時間前に食うっていうのをやってました。地方でもどこでも必ず。会場の近所に店がないときは、楽屋で食べることもあるけど。そうやってあらゆる場所で月見うどんを食べ尽くして、去年から肉うどんに変わりました。

片山　へえ。消化吸収的には、どうなんですか。さっきの話じゃないですけど、わりと重くなってくるじゃないですか。

トータス　そう思うでしょ。でもたまたま連れていかれた松山のうどん屋さんが、肉うどん推しだったんですよ。それで、まあたまにはいいかと思って肉うどんを頼んだら、その日のライブがすごく良かったんです。肉ってすげえなと思って、そこからどこに行っても肉うどん、卵入り(笑)。それが僕のゲン担ぎかな。勝負時には肉うどん食べてみて。

学生A　わかりました、ありがとうございます。

片山　じゃあ次は、手前の女性、いきましょう。

学生B　本日はお話ありがとうございました。トータス松本さんが影響を受けてきた人についてお聞きしたいです。どんな人で、またそれがどんなふうに生きていますか。

トータス　僕がいちばん影響を受けたミュージシャンは忌野清志郎さんですね。2009年に亡くなられましたけど、彼を見てプロを目指したし、自分が音楽を始めるきっかけになった人でもあります。それから、※46ビートたけしさん。かつて漫才ブームというものがあって、若かりしたけしさんが、ものすごく切れ味のいい、完全にお客さんを置いてきぼりにするようなマシンガンのような漫才をしていた頃を、僕らは肌で知っています。本当にすごいエネルギーで、発言も鋭くて……いろんなことに影響を受けていますね。

片山　映画でも活躍されていて、多才な方ですよね。

トータス　清志郎さんもたけしさんも学生のみんなからしたら、ひと世代もふた世代も上の人に感じるかもしれないけど。この二人からは人生で大事なもの、表現をするうえで何がいちばん大切かっていうことを教わったと思っています。それは、簡単に言うと「ユーモア」って言葉になるんだけど。例えば清志郎さんは曲の中で、社会問題にも言及しています。原発のこととかね。でも必ずユーモアを欠かさない。聴いている人が楽しめるように、歌う。伝える。だから音楽にいちばん必要なものはユーモアだと僕はずっと思っていますし、自分が笑えるような面白いと思えることをやろうと、いつも心がけ

※46　ビートたけし（1947―）　東京都出身のコメディアン、映画監督、俳優。1980年代初頭の漫才ブームでお笑いコンビ「ツービート」のツッコミ役として頭角を現し、のちに人気番組の司会者、映画監督としても国内外で活躍。本名・北野武もよく知られている。

ています。

学生B　ありがとうございました。

片山　生きていくうえで、ユーモアってすごく大事ですよね。体力と。では次の人は……この列の、眼鏡をかけている女性にマイクを。

学生C　本日はお話ありがとうございました。デビュー直後、売れなくて草野球をされていた時期、その状態から脱するために、具体的に何か行動に移したことがあったら教えてください。

トータス　あの頃、ほんと野球ばっかりやってたからなあ。でもね、今でもそうなんですけど、僕らの仕事って、歌詞を書いて、曲を書いて、歌って、それが一人でも多くの人の心に届くように願うくらいしか、やることないです。だからどんなときでも、歌詞を書き曲を書く、その手だけは止めませんでした。どんなことがあっても。発表する場がなくても。いちばんやりたいことはそれやからね。そこは外せない。そこを外れたら終わりやと思いながら、ずっと続けてきました。

学生C　ありがとうございました。

片山　時間がもうぎりぎり……もう一人だけ。じゃあその後ろの、黒い服の彼女。

学生D　貴重なお話ありがとうございました。「あーだこーだそーだ！」[※47]が主題歌だったドラマがすごく好きで見ていたので、どういう気持ちで歌詞を書かれて曲づくりをされたのか知りたいです。

トータス　ドラマは『アオイホノオ』[※48]ですよね。あれは面白かったね。僕も大好きです。

※47 「あーだこーだそーだ！」アルバム『ONE MIND』に収録。

※48 『アオイホノオ』 島本和彦の同名漫画を原作と

ウルフルズの曲って応援ソングというか、人を励ます、元気づける歌というイメージがあると思うんです。僕自身そういう曲をつくり続けたい気持ちもあります。じゃあ誰を応援しているのか。不特定多数の人を応援したいのか、受験生を応援したいのか、失恋した誰かなのか。というと、じつは、特定の誰かをイメージしているわけじゃないんですよ。いっつも自分を想定しているんです。

片山　自分を励ます歌、ということですか。

トータス　なぜなら、あらゆるシチュエーションに、自分も当てはまるから。僕も落ち込むことはあるし、受験をしたことも、女の子に振られたこともあります。社会に出て失敗したこともいっぱいある。だから自分を鼓舞するような曲を書けたら、同じような状況にいる誰かにもきっと届くと思ってます。「あーだこーだそーだ！」の場合は、ちょうどウルフルズを再始動する時期だったので、よしやるぞ、っていう自分に対しての覚悟だったり、励ましだったり、そういう気持ちで書きました。それがドラマの登場人物や、ひいては聴いてくれる大勢の人を励ますことになったらいいなという思いを込めて。でもまずは、自分を奮い立たせるために、自分に向けて書きましたね。

学生D　わかりました、ありがとうございました。

片山　では、僕から最後の質問をさせてください。10年後のトータス松本さんは、何をしているでしょうか、何をしていたいでしょうか。どんなイメージでも結構です。教えていただけますか。

トータス　10年後はね、誰の言うことも聞かないような、扱いづらい、でも面白い歌う

した連続テレビドラマ。2014年7月から9月までテレビ東京系の「ドラマ24」で放送された。

たいになっていたいです。今お話しした「あーだこーだそーだ！」の歌詞にもあるんだけど、結局自分がいちばん面白いと思うことしか、できないじゃないですか。こんなことをやったら誰それが気に入ってくれるやろな、という確信があったとしても、自分が興味のないことはしたくないっていう。もっと言えば、自分が面白いと思わないことは、しちゃいけない気がするんです。それは、すごく良くないと思う。

片山　好きじゃないと、続けられないですよね。それはこのinstigatorの大きなテーマでもあります。

トータス　僕もいろんなことをやってきましたし、「ほんとにお前これまで、絶対に面白いと思うことしかやってないんか」って言われたら、「すみません、そうは言いきれません」みたいなとこも正直、あります。やっぱり仕事となると、自分一人の気持ちだけ優先はできないことも多いから。だけど還暦になったら、もういいじゃないですか（笑）。自分のやりたいことだけやれるように、今から10年間かけて鍛え上げていきたい。10年の間に、自分がほんとにやりたいことだけやりながら、伝えたいことをちゃんと伝えられるだけの力をつけたい。かつ、くそ生意気な、誰の言うことも聞かへんジジイになりたいです。

片山　赤いちゃんちゃんこは着ていない？

トータス　赤いちゃんちゃんこを破り捨てるようなジジイですね。

片山　あははは（笑）。でもね、ほんと、永遠にやっていきたいという気持ちは僕もあるので、丙午同士、一緒にがんばっていきましょう。ということで、トータスさんの回が終わりに近づいておりますが。あの、一つ、お願いがありまして。みんなの期待の眼差しを見ていただけるとおわかりかと思いますが。やっぱり、ぜひ、トータスさんの歌を聞かせていただきたいなと……。

トータス わかりました。弾き語りでいいですか？

片山 もちろんです。では、よろしくお願いします！

（弾き語りのライブ演奏）

（会場、大きな拍手）

トータス ありがとー。「笑えれば」[※49]「サムライソウル」それから「バンザイ～好きでよかった～」でした。

片山 いや、もう、ほんと素晴らしかったです。ありがとうございます。拍手やまないもん。こんなすばらしい生歌の弾き語りを聞かせてもらえて、みんな、良かったね。お話にも歌にも、今日、すごく勇気をもらえたんじゃないかな。

トータス 僕もなんか、いろいろ振り返れてよかったです。ようやってきたな～と思う反面、まだまだ全然足りないなとも思いましたね。いい機会をありがとうございました。

片山 こちらこそ、レコーディング中の大事な時期に……。新しいアルバムの完成も楽しみにしています。どうもありがとうございました！

※49「笑えれば」2002年に発売されたウルフルズのシングル曲。トータス松本氏主演の読売テレビ系ドラマ『ギンザの恋』エンディング曲。

トータス松本先輩が教えてくれた、「仕事」の「ルール」をつくるためのヒント！

□25歳になったら絶対ちゃんとする、それまでお金の援助もいっさいいらんから、やりたいことやらせてください、って頼み込んだ。

□初めて東京でライブしたときはお客さん６人しかいなかった。６人とも友だちでしたから、実質ゼロ。絶対このハコを満員にしてやろうと思いました。

□「今とは違う何か」を考えるのが好きなんですよね。次にどんなことができるだろう、っていつも考えています。

□音楽にいちばん必要なものはユーモアだと僕はずっと思っていますし、自分が笑えるような面白いと思えることをやろうと、いつも心がけています。

□ライブの前には必ずうどんを食べます。

□どんなときでも、歌詞を書き曲を書く、その手だけは止めませんでした。どんなことがあっても。発表する場がなくても。

□自分を鼓舞するような曲を書けたら、同じような状況にいる誰かにもきっと届くと思ってます。

Music for **instigator**
Selected by Shinichi Osawa

#017

1	Quadropuss Island	Connan Mockasin
2	Rough Soul (feat. April George)	GoldLink
3	Smokin' Joe	Bobby Nourmand
4	Boyzone	Liars
5	Treehouse	Bibio
6	Underwater Love	Jack Johnson
7	Why Not?	Kenny Dorham
8	ジェルソミーナ	ザ・ピーナッツ
9	White Crow (Erol Alkan Rework)	Beyond The Wizards Sleeve
10	The World (Is Going Up In Flames)	Charles Bradley & The Menahan Street Band
11	Theme for a Taiwanese Woman in Lime GreenLately	Devendra Banhart
12	Hold me	Milosh
13	Stretch (Disco Mix / Rap)	Maximum Joy
14	Free Hifi Internet	Emmanuelle
15	Twinkle Twinkle	Tom Misch
16	1974 -WAY Home- (Finding My Way Home)	Mondo Grosso

※上記トラックリストはinstigator official site(http://instigator.jp)でお楽しみいただけます。

本日

Guest

猪子

チームラ

#018

猪子寿之

チームラボ代表

1977年生まれ。2001年東京大学工学部計数工学科卒業時にチームラボ設立。チームラボはアートコレクティブであり、集団的創造によってアート、サイエンス、テクノロジー、デザイン、そして自然界の交差点を模索する、学際的なウルトラテクノロジスト集団。アーティスト、プログラマ、エンジニア、CGアニメーター、数学者、建築家など、さまざまな分野のスペシャリストから構成されている。18年6月にチームラボの作品のみで構成された「森ビル デジタルアートミュージアム:エプソン チームラボ ボーダレス」を開館した。

境界という概念をなくしていきたい

kills.

つくりたいものをつくり続けるために必死だった

片山　こんばんは。今日のゲストはチームラボ代表の猪子寿之さんです。デジタルを用いた表現で世界的に活躍されているのはみんなの知っている通り。ひと月のうち3分の2は日本にいないというとても忙しい方ですが、なんとか時間をつくって来ていただきました。既存のアートの概念には収まらない作品ばかりなので、僕もどんなお話が聞けるかとても楽しみです。質問コーナーもあるから、みんなしっかり聞いて、いい質問を用意しておいてね。では猪子さん、お願いします。

猪子　よろしくお願いします。あの、最初に言っておきたいんですけど。片山さんってすごいアートコレクターとお聞きしているんですが、いつまでも僕らの作品を買いたいという依頼がないんですよね。ほんとはこっそり持っているんじゃないかと思って、この前コレクション展※1に行ってみましたが、どれだけ探しても出てきませんでした。どういうことなんだろうと不思議に思っておりまして。

片山　先日チームラボさんにお邪魔して猪子さんとお話ししたとき、「片山さん、アートコレクターなんですよね？」って聞かれたんですよ。10回くらい（笑）。どういう意味かな？ と思いつつ「そうですよ」と答えたんですけど、どうもチームラボの作品を持っていないのにコレクターを名乗るなという意味だったようで……（笑）。

猪子　ほんと失礼ですよ（笑）。

※1『片山正通的百科全書 Life is hard... Let's go shopping.』アートコレクターでもある片山正通教授の500点以上のコレクションを展示した展覧会。2017年4月8日から6月25日まで東京オペラシティ アートギャラリーで開催された。

片山　今日勉強させていただき、前向きに検討いたします（笑）。

猪子　そうしてくださいね。っていきなりすいません（笑）。いや、片山さんのこと尊敬してますよ。20代の頃、『FRAME』[※2]っていう海外の雑誌を見ていると日本人でただ一人、片山さんだけがいつも出られていたんですよね。だからずっと名前を知っていて、すごいなって思ってました。なんですか、その疑いの目（笑）。

片山　いえ、もう、今日は自由にお話しいただけたらと思ってます（笑）。どうぞお掛けください。僕が最初に猪子さんを知ったのは、もう15年くらい前になるのかな。『朝まで生テレビ！』[※3]という討論番組でした。いわゆるインターネット事業でぐんぐんと頭角を現してきた方々が話題になっていた頃で、とんでもない人たちが出てきたなという印象でした。

猪子　あれ、出たくなくてトイレで泣いたんですよね。２００１年にチームラボを始めて、その頃からデジタルで作品をつくっていて、でも誰も相手にしてくれないし機材にお金はかかるし……で、いつもお金に困っていました。それでいわゆるＩＴビジネスで請負業をいっぱいしていたんですよ。企業のホームページとかなんかいろいろ。そしたらそっちのほうが有名になって、テレビ出演のオファーが来て。とても嫌だったんですけど、学生時代からの友だちで広報をやっているタカシくんにすごく説得されまして仕方なく。

片山　そんな経緯で出演された番組で、僕は猪子さんを知ったんですね（笑）。泣くほど嫌だったんですか。

※2『FRAME』（フレーム）
1997年オランダで創刊された、世界各国のデザイン事情や旬のデザインを紹介するインテリア・デザイン雑誌。

※3『朝まで生テレビ！』
1987年4月より毎月最終金曜の深夜にテレビ朝日系列で放映されている討論番組。

猪子　あれ以降、日本では三流文化人みたいな扱いじゃないですか。まあそれはべつにいいんです。請負業は今もやっていますしね。

片山　先日初めて会社にお邪魔してびっくりしました。チームラボって650人もメンバーがいる、すごく大きな企業なんですよね。いわゆるアート、アーティスト、アトリエみたいなイメージと全然違って、普通に大企業。

猪子　べつに大きくはないですけど。自分たちがつくりたいものを、つくり続けられる状態を経済的に維持することに必死だったんです。だから朝から夜まで請負仕事をして、夜中に、誰に認められるわけでもない自分たちの作品づくりをずっとやってました。そんなことをしていたら、たまたま2010年の秋くらいに村上隆さん[※4]が遊びに来てくれて、世界で発表したほうがいいよ、みたいなアドバイスをくれたんですよ。具体的な言葉は忘れちゃったんですけど。

片山　それまでは海外は視野に入れていなかった？

猪子　よくわかってなかったんですよね。それで当時村上さんの事務所が運営していた台北のカイカイキキギャラリーで、2011年の春に展覧会をさせてもらったのが、多くの人に作品を知ってもらうきっかけになりました。

片山　それがチームラボの初めての展覧会ですか。

猪子　そう、デビューでした。それから、台中の国立台湾美術館で展覧会をしたり、シンガポールのビエンナーレに呼ばれて大きい作品をつくったりして、流れが変わっていったんです。やっと出口が見えてきたっていうか。

※4　村上隆（むらかみ・たかし、1962－）　東京都出身の現代美術家。作品制作のみならず芸術イベント『GEISAI』プロジェクトのチェアマン、アーティスト集団『カイカイキキ（Kaikai Kiki）』主宰、若手アーティストのプロデュースなど、様々な活動を展開している。

片山　まだここ6年くらいの話なんですね。

猪子　日本で動き出したのはほんと最近ですしね。だから日本でのうちのイメージと、海外での扱いって、けっこう違うと思います。例えば、「designboom」[※5]っていう、世界最大のデザイン系メディアといわれているアートウェブマガジンがあるんですけど、その2015年版のトップテンのアートエキシビションの一つに、うちが当時、お台場の日本科学未来館で展示していた作品が選ばれたんです。草間彌生[※6]さんの北欧の展覧会とか、バンクシー[※7]とか、カプーア[※8]とか、そういう人たちと並んで。あと2016年は、お台場の「DMM.プラネッツ Art by teamLab」[※9]っていうエキシビションが、CNNの年間全ニュースの「2016's most visually inspiring moments（2016年、最も感動した視覚的瞬間）」というので1位に選ばれたり。

片山　どの作品も猪子さん個人の名前は出ていないんですね。クレジットはすべてチームラボ。

猪子　そうですね。海外では猪子っていう個人はいっさい出してないです。日本はテレビ的な理由からか、どうしても個人にフォーカスして、天才の物語みたいなものをつくりたがりますけど。でも僕らの作品は単に一人ではつくれないものですし、あくまでもアートコレクティブ、アート集団という形で、ずっと発表しています。

※5　「designboom」（デザインブーム）　1999年にイタリアで開設された建築、アート、デザイン、グラフィックなどの分野を独自の視点で伝えるグローバルウェブマガジン。https://www.designboom.com/

※6　草間彌生（くさま・やよい、1929－）　長野県出身の現代美術家。幼い頃から幻覚や幻聴に悩まされながらも作品制作を続け、1957年に渡米後は立体作品の制作やインスタレーション、「ハプニング」と称される過激なパフォーマンスなどを実行。「前衛の女王」とも呼ばれる。

※7　Banksy（バンクシー、本名・生年月日非公表）　イギリスを拠点に世界中で活動している匿名のストリート・アーティスト、公共物破壊者（ヴァンダリスト）、政治活動家。

自分の意思と身体をもって、世界と対峙していくこと

片山　チームラボの作品は、いい意味で異色ですよね。いわゆるこれまでのアートのフォーマットみたいなものから外れている。かつて僕は、ダミアン・ハースト[※10]やオラファー[※11]にもそういう印象を持ったんですけど。どの潮流とも関係なく、ポコッと出てきたような。

猪子　新しい概念って、その当時は全部異色に映るんでしょうね。その異色なものを根づかせるのが、評価の役割なんだと思います。

片山　目利きによって見出され、広まって、次世代のスタンダードになっていく、ということですね。

猪子　僕らは海外では、そういう意味での評価を受けているんじゃないかと思っています。いろんな考えを複合的に取り入れながら作品をつくっているんですけど、細かく言い出すと話が長くなっちゃうんで、今日はいくつか作品の映像を見ながら、コンセプトをわかりやすくお話しできたらなと。

片山　ぜひお願いします。今回は猪子さんのパソコンから直接資料を見せていただきましょう。

猪子　じゃあまずこれ……（映像をスクリーンに映しながら）この映像は、さっき話した、お台場でDMMさんにつくってもらった「DMM. プラネッツ Art by teamLab」

※8　Anish Kapoor（アニッシュ・カプーア、1954－）インド・ボンベイ出身、ロンドンを拠点に活動する現代美術家。1980年代初頭に台頭したニュー・ブリティッシュ・スカルプチャーと呼ばれる新しい彫刻の潮流の代表的作家の一人とされる。

※9　お台場みんなの夢大陸2016　DMMプラネッツ(DMM.プラネッツ Art by teamLab) 約3000㎡もの展示空間内をデジタルアート作品で構成。2016年7月16日から8月31日まで開催され、21万人を動員した。

※10　Damien Hirst（ダミアン・ハースト、1965－）イギリス出身の現代美術家。1990年代に台頭したヤング・ブリティッシュ・アーティスト（YBAs）と呼ばれるコンテンポラリー・アーティストのなかでも代表的な存在といわれる。生と死をテーマとした作品が多く、1990年代初頭に発表したサメ、牛などの死体をホ

です。３つの作品で構成したんですけど、いま映している「Wander through the Crystal Universe」は、ＬＥＤで空間を埋め尽くして、光の点の集合で彫刻体をつくっています。来場者には、その光でできた彫刻群の中に直接入り込んでもらう。光の点でできた彫刻は、人が入ることで動きます。そうすると錯覚によって、自分の身体ごと彫刻群に没入していくような体験になるんじゃないかと思ってつくりました。

片山　光の彫刻群の中に、自分が入り込んでいく感じ……。不思議な体験ですね。空間はどのくらいの広さですか。

猪子　どのくらいだったかな。………忘れちゃいました。

片山　この教室より広いですか。ここ一応、ムサビでいちばん大きな講義室で、５００人近く入るんですが。

猪子　ここよりはずっと広いです。さらに壁も鏡だから、もうずーっと空間が広がっているような感覚になります。………僕らはずっと、「境界」がなくなったらいいと思っているんですよ。近代って「境界」を意識しすぎていると思っていて。ほんとはいろんなものの連続性のうえに自分の存在があるんだけど、身体とか物質とか、なんかいろんなもので分断されているじゃないですか。だから、境界のないのが気持ちいい、っていう体験を、いろんな形でつくれたらいいなと思いながら、やっているんですよね。

片山　３つの作品は順路に沿って見ていく形式ですか。

猪子　この空間に入る前に、かなり窮屈な、まともに歩けないような狭い場所を通るんです。そこで自分の身体、肉体という塊であることを意識してもらってから、３つの作

ルムアルデヒドで保存したシリーズは美術界に大きな議論を巻き起こした。

※11　Olafur Eliasson（オラファー・エリアソン、１９６７－）デンマーク・コペンハーゲン出身の現代美術家。太陽の光や、霧、虹などの自然現象を、思いがけない方法で再構築するインスタレーション作品で知られる。

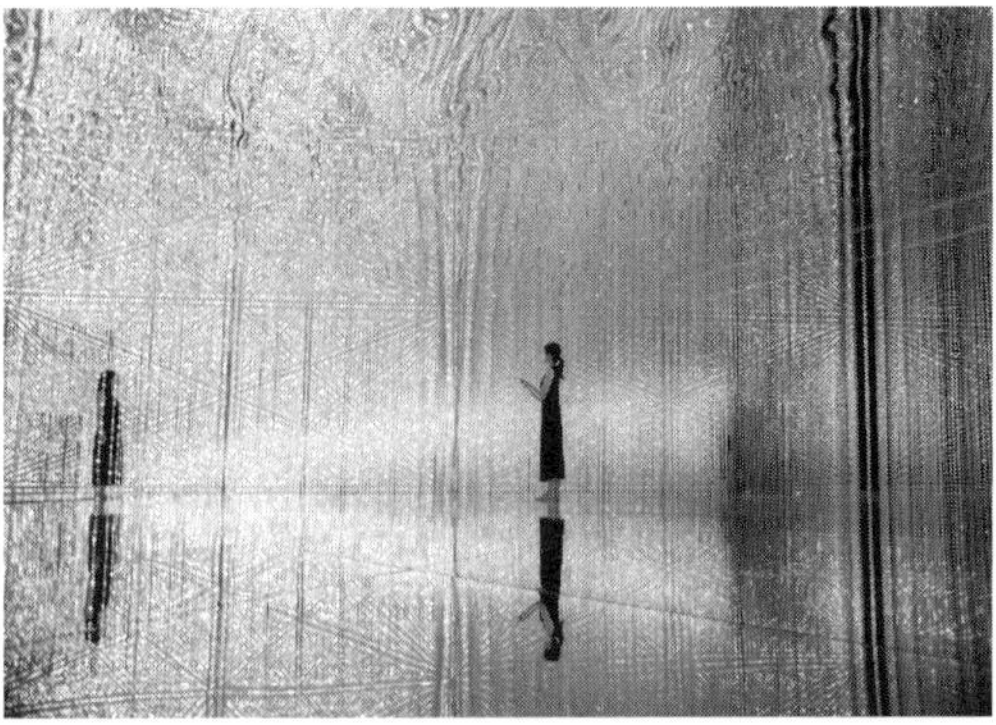

「Wander through the Crystal Universe」

「人と共に踊る鯉によって描かれる水面のドローイング - Infinity」

「Floating in the Falling Universe of Flowers」

品を体験してもらう、というストーリーがありました。

片山　境界のない空間を体験するために、自分の身体という枠を意識しておくということですね。

猪子　もう一つ……（新しい映像を映しながら）、この「人と共に踊る鯉によって描かれる水面のドローイング - Infinity」は、装置としてプールをつくって、水面そのものを作品にしています。膝下くらいまで水の中に実際に入って、歩いてもらうんですけど。水の中で泳いでいる魚は、人に当たると花に変わっていきます。

片山　へぇえ。鑑賞者は実際に、物理的に水の中を歩いているんですね？

猪子　そうそう。あとこれ、（新しい映像を映しながら）「Floating in the Falling Universe of Flowers」は、花が立体的にたちのぼって、自分の体の中を通り抜けていくような体験ができます。浮いている花の中に自分の身体が入っていくような……。30分くらいこの中にいると、花が降ってるのか、自分が浮いていってるのか、もしくはこの空間自体が動いているのか、曖昧になってくる。そうして何かがわからなくなることで、なんかこう、自分が世界の一部であるかのような、大きなものの一部であるかのような感覚みたいなものをね、体験できるようになればいいなと思ってつくりました。

片山　脳って錯覚しますよね。意外と、確かなものと不確かなものの境界って曖昧で。作品はどういう仕組みなんですか。空間には何もないように見えますけど、映像が投影されるような対象物があるんでしょうか。

猪子　あ、ドーム空間をつくってプロジェクションしているんです。それから目の錯覚

teamLab

をかなり利用しています。撮影した映像ではそれはわからないから……どういう感覚かっていうのは、実際に体験してもらうしかないんですけど。空間そのものが動いているっていうか、自分が浮遊しているというか、世界に溶け込むような……なんか言葉にすると怪しい感じになっちゃいますけど（笑）。

片山　言葉で説明するのが難しい作品ですよね。海外での評価は先ほど伺った通りですが、国内での評判はいかがでしたか。

猪子　けっこう話題になって。会期の後半は6時間待ちとかあったみたいです。

片山　ええ、すごい。

猪子　海外のエキシビションだと10時間待ちもあったんですよ。これは生きた花を使っているんです。土がなくても生きられる、蘭系のエアプランツで埋め尽くされた中を、ゆっくりだけど自由に歩けるという作品です。

片山　花はリアルな生花なんですか。映像ではなく。

猪子　そうです。生きてます。制御はデジタルですけど、僕はテクノロジーを表に出したいモチベーションが全くない、というかむしろ、どの作品もテクノロジーなんか見えなければ見えないほどいいと思っているから、モーターとか全部隠しちゃってます。もうそのまま花の中に没入していく感覚をつくれたらと思って。

片山　さっきから猪子さんの口から没入という言葉が何度も出てくるんですけど、それは大きなテーマですか？

猪子　そうですね、僕らはいくつか追求しているテーマがあって、今お見せした作品は

Body Immersive っていう、身体的没入によって、「自分と世界」という境界の概念をなくしていきたいというテーマでやっているものです。で、作品ごとのテーマっていうのもあって、例えば「Floating in the Falling Universe of Flowers」は、日本庭園からヒントを得ています。日本の庭の成り立ちって、森の中を模したものなんだそうです。武士はもともと、自然と一体化して力を獲得するために森の中で修行していたのだけど、いろいろな政治的要因で森から離れなければならなくなった。だから森で修行する代わりに庭をつくったんですね。そういう、何かと一体化するかのような庭をイメージしながら、これはつくりました。

片山　へえ。日本庭園ですか。そんなところに着想のヒントがあるとは、ちょっと意外な感じがします。

猪子　その話はあとでまた出てくるかも。それからこれ……（新しい映像を映しながら）これはまたちょっと違うタイプ。今年の夏やるんですけど。『ミュージックフェスティバル　チームラボジャングル』[※12]。

片山　ミュージック？　音楽フェスですか？

猪子　そうなんです。でもミュージシャンもDJもいないんです。呼ぶの忘れちゃって。ブースもステージもない音楽フェスです。

片山　ということは、バンドが集まって演奏するような音楽フェスではなく……？

猪子　音楽フェスティバルという名のもとに、身体がすごく自由な状態で、踊るようにアートに没入する体験をつくってみたいなと思って。その場にいる人たちが、ほんの

※12　「Music Festival, teamLab Jungle」　2017年7月28日から9月10日まで渋谷ヒカリエ・ヒカリエホールで開催された、光のアートによる超幻想空間での体験型の音楽フェスティバル。おもに子どもに向けた50分の「昼フェス」と大人に向けた70分の「夜フェス」で構成された。

ちょっとかもしれないけど、主体的に空間や音楽にかかわれるようなフェス。例えば、触れると音が鳴って跳ねる光のボールがあります。そこで一人一人が生み出す音は小さなものでも、みんなで触っていくことでだんだん音楽ができていく。そうして生まれていく音楽を、同時にみんなで聴く。ムービングライトが集光してるので、自分たちが動作をすることで、空間そのものが変容するかのような感覚も体験できます。触れることで跳ねたり音が鳴ったりすると、光も物質みたいに思えてくるんですよ。

片山　たしかに光って、視覚的には物質に近い感じありますね。

猪子　そうして物質のように認識してもらったあとに、光の線の集合で空間を再構築していくと、新しい空間に身体ごと包まれていくような感覚を味わってもらえるかなと。

片山　場所はどちらで。

猪子　渋谷ヒカリエで、この夏（2017年）に40日間くらい開催します。

片山　1回に何人くらい入れるんですか。

猪子　6……、いや、700……800人かな。

片山　そんなに入るんだ。

猪子　昼はね、親子用のフェスなんです。やさしめの音楽で、ファミリーにも喜んでもらいましょうというコンセプト。夜はもうちょっと何でもいい感じにしちゃって（笑）。でもまあだいたいは同じ内容でやるつもりです。っていうのも、子どもだからって、子ども向けのものばかり見せてちゃ駄目だと思うんですよ。はっきりいって20世紀のすべてのコンテンツは駄目な大人しか育てないと思ってます。まあ大人はいいんです。でも子どもは駄目だと思う。

片山　どういう意味でダメなんですか？

猪子　昔のコンテンツって、絶対的なヒーローやスターがいますよね。何か世界に問題が起きたとき――例えば敵のようなものがやって来たとき、どこからかヒーローがやって来て解決してくれる、なんてストーリーを毎日見ていたら、何もできない人間になりますよ。ヒーローに感情移入するのだって同じです。気持ちだけ移入しても、実際の自分にはそんな力は備わっていないのだから。そういう価値観が独裁政権やファシストを生むんじゃないかと、大げさかもしれないけどけっこう本気で思っているので。だから児童書とか子ども向けのアニメは、積極的に禁止していきたいと思っています。

片山　昔のヒーローものとか、勧善懲悪もの全般ですね。テレビの前で何をしようと、ただ見ているだけでは、ストーリーは何も変わらない。受け身の体質になってしまう、ということですか。

猪子　身体も意思も捨てて強いものにすがるだけの生き方より、コントロールの効かない他者とともに、自分でほんのちょっとずつ変えていくほうが、ずっとずっと健全だと思う。世界って、自らの意思を持つ身体で、ちょっとしか変えられないけど、ほんのちょっとは変えられる。だから、自分が触ったら音が鳴って、ほかの人も触ったら音が鳴って、それが一つになるような世界の中で、自分の意思と身体をもって世界と対峙していく……。まあ小難しいことはいいんだけど、そのほうが楽しいと思う。

片山　少しずつでもね。そういうことが大きな力になりますよね。

猪子　世界はたぶん、そうやってできてきたんだろうし。だから昼間のファミリー向けのほうも、もちろん大人と子どもの身体的な違いは考慮しますが、そこまで大きくは変えないつもりです。40日間、1日8回くらいの公演ですから、ぜひ学生のみなさんも来てください。

境界を失うことは独立を失うことではない

猪子　ここまでは僕らがBody Immersiveって呼んでいるコンセプトの話をしたんですけど、次は、Transcending Boundariesっていう、作品すら境界がなくなっていく、作品に境界は必要ないんじゃないかっていうコンセプトの作品について話したいと思います。作品の映像は、うちのサイト[※13]からだいたいYouTubeにリンクが貼ってあるので、興味ある人はいろいろ見てみてくださいね。いま映しているのは「小さきものの中にある無限の宇宙に咲く花々」といって、お茶を点てると、茶碗の中に花が咲くというものです。茶碗を手に取って動かすと、花びらが散って茶碗の外に広がっていったりして。飲むとなくなっちゃうんですけど。

片山　実際に食事をしながら、その作品を楽しめるレストランがあるともお聞きしましたが。

猪子　そうなんです。『MoonFlower Sagaya Ginza Art by teamLab』[※14]といって、佐賀牛Sagaya銀座というレストランで常設しています。2017年4月にオープンしたば

※13　チームラボ公式サイト　https://www.teamlab.art/jp/

※14　MoonFlower Sagaya Ginza Art by teamLab, 東京　日本の四季を感じながら新しい食事体験ができるレストラン、エキシビションとして2017年4月オープン。https://moonflower-sagaya.com/

かりで。けっこう話題になって、世界中の何百というメディアで紹介されたみたいです。べつにうちは経営には関係してないんですけど。器を置くと、器から鳥が出てきて、テーブルに映っている木と関係が生まれたり。器の中に生まれた世界が、境界を越えて、世界を越えて、つながっていきます。

片山　そのレストランが、チームラボの作品を購入したということですか？

猪子　そうそう。最初は2014年くらいに、有田で展覧会をやったんです。佐賀県でレストランを経営されてる方がそれを見て、うちでもやりたいという話になって、3、4年かかって東京で実現しました。

片山　そういうパーソナルなオファーもあるんですね。さっき見せてもらったような大きなインスタレーション作品、ああいうものも売り物だったりするんですか？

猪子　……いやー、ちょっと難しいですね。買いたいって言ってくれる人はいるんですけど、人の家に行ってLEDつなぐのとか、大変すぎる……。まあ、とある国の王族の方の依頼は受けて今やっていますけど。それは個人とはまた違うかなと思って。

片山　パブリックであることが重要なわけですね。

猪子　今のところは、ですけど。厳密に線を引いているわけでもないです。何度も言いますけど、ディスプレイ作品はいつでも片山さんの家に持っていけますから。ディスプレイだけアマゾンで買ってもらえば、データをメールで送りつけます。

片山　前向きに検討を……（笑）。

猪子　よろしくお願いしますね。次はこれ……「teamLab: Transcending Boundaries」[※15]。

※15　「teamLab: Transcending Boundaries」2017年1月25日から3月11日までロンドンのPace Gallery（ペース・ギャラリー）で開催された展覧会。

「小さきものの中にある無限の宇宙に咲く花々」

ロンドンで今年の初めにやった個展です。発売がスタートして2日でチケット全部売り切れたんですけど。

片山　会期はどれくらいだったんですか。

猪子　2か月半くらいですかね。

片山　えー、それが2日で売り切れちゃったんですか。

猪子　はい。6つの空間がバラバラにあって、それぞれ花とか滝とか音楽とか、コンセプトもテーマも違う作品なんですけど、混じり合うというか。例えばじっと立っていると足元から蝶が生まれるんですけど、それが滝の作品の中に入っていったり。

片山　作品同士がかかわり合っていくような。

猪子　ここで言いたいのは、独立していることと境界があることは関係ないっていうことなんですね。国でも、国境があることが独立していることと同義になっていますけど、独立ってそういうものじゃないと思っていて。この6つの作品も、境界はないんですけど、それぞれは独立しています。6つで1作品というわけではないんです。相互作用を受け続けるんだけど、影響を受け続けようが6つは独立しているという。そういう境界のない世界が、もっと直感的に気持ちのいい世界だって思ってもらえたらいいなと。

片山　独立しながらも、融合できるということもあるんですよね。

猪子　そうですね。融合することは独立をしないことではないし、境界を失うことは独立を失うことではない、というコンセプトでつくっているのが、Transcending Boundaries シリーズです。

他者とともに世界を創造していく体験をしてもらいたい

猪子　もう一つ Relationships among people っていうコンセプトもあります。さっきの、空間いっぱいの花の中に没入していく作品をもう一度見てください（再び画面に「Floating in the Falling Universe of Flowers」の映像を映す）。この花、その空間に人がいてもいなくても勝手に生まれて、勝手に咲いて、寿命がくると勝手に散っていくんですけど、人がいないほうが、よりたくさん咲くんです。逆に歩き回ったり触ったりすると、寿命がくる前に散る。その散り渡るところも含めての作品なんですね。それで、ニューヨークで展示していたときが面白くて、ニューヨーカーはせわしなく動くから、オープニングで全部散っちゃったんです（笑）。

片山　あらまあ。

猪子　僕は英語を話せないからうまく説明できなかったんだけど、ニューヨーカーは頭よくって、みんなすぐに理解して話し合いを始めて、「オレたちはこの空間にいすぎるんじゃないか」「じゃあ自分は次の部屋に行っておこう」「僕は前の空間にいったん戻ろう」みたいに、分散してくれたんです。そして人が減ったら、また花が咲き始めた。

片山　すごいですね、察する能力も、気づかいも。

猪子　インテリなんですよね。でも一般的な、例えば絵画の鑑賞がメインの展覧会だったら、もし作品の前でぎゅうぎゅうに混んでいても、鑑賞者同士がそんなふうに相談はしないと思うんです。「ここは人が多すぎるんじゃないか」なんて見知らぬ人に話しかけられたら「じゃあおまえがどこかに行けよ」って話じゃないですか。

片山　そうですね（笑）。

猪子　同じ言葉がここで知的な会話として成立した理由は、チームラボ作品が、自分や他者によって変わることを、鑑賞者が知っていたからなんですよね。他者がいるからこそのポジティブな変化があることもわかっている。例えば絵画の展覧会で子どもが走り回ってたら、即スタッフに止められるし、まわりの目も親のしつけがうんぬんっていうネガティブなものになると思うんですよ。でもチームラボの、この花の作品の前でなら、子どもが走り回ることで花がすごく鮮やかに散り渡るところを見ることができます。同じような絵を見たかったら自分で走り回らなきゃいけない。そもそも走っていたら、自分では見れませんから。

片山　なるほどねえ。そう思うとむしろ、走ってくれてありがとう、って気持ちになりますね。

猪子　そう。それからこれ（寝ている男性のまわりに花が咲いている画像を映しながら）、かつて僕に『朝まで生テレビ！』に出ろって説得した広報のタカシくん。大学時代からのつきあいで、ラーメンマンみたいな辮髪《べんぱつ》のドレッドヘアっていう、ちょっと会社員として無理な髪型なんですけど（笑）。そのタカシくんが、設営で疲れ切って会場で寝ちゃってる写真です。微動だにしないで寝ているからもういいやと思ってそのままオープンしたら、タカシくんのまわりで、花がきれいに咲き誇っちゃって（笑）。タカシくん、疲れ切ってくれてありがとう、みたいな。

片山　これ、お客さんも入っているんですか？

猪子　そうなんです。でも仮にね、普通の美術の展覧会で、名画の前で辮髪ドレッドの40のおっさんが寝ていたら、少なくとも歓迎はされないじゃないですか。その違いって、アートの在りようの違いなんですよね。つまりこれまでのアートって、自分と作品の間でだけ何かが決定されていたと思うんです。その作品を前にしたときに自分がどう思うか。それが最重要な場においては、他者は邪魔な存在でしかなかった。

片山　たしかにあまりにも混雑している状況の展覧会は、好まれませんよね。

猪子　でも、他者が存在することで起こる変化がポジティブであれば、自分と関係ない他者の存在もポジティブになるんじゃないか、と思っていて。それって、近代のすべてにいえることだと思います。近代都市は巨大で複雑すぎるために、個人が何かしても大きな変化はなかなか起こりません。そういった状況下では、コントロールできない自由な他者はネガティブな存在になりがちです。それをコントロールするために、法律とかマナーとかいうもので囲っているのが今の社会だと思うんですね。でも近代以前の共同体はもっとフレキシブルでした。単位が小さいから、自分や他者のちょっとした行動によっても、環境があからさまに変化するじゃないですか。

片山　田舎は今でもそうですよね。その場にいる人たち、状況によって、暗黙のルールみたいなものもどんどん変わっていく。

猪子　でも都市はもはや近代以前に戻れない。だからこそ、デジタルアートで僕らがやってるようなことを、ほかの生活シーンに応用したり、都市そのものをアートで包んでいけたら、都市と人々の在りようも変わるんじゃないかと期待を持っています。で、そういう考えを応用して、子どもを対象にしたCo-creation[※16]という教育的なプロジェクトもやっているんです。自分と関係ない他者と共同的に世界を創造していく体験をもっとしてもらいたくて。

片山　創作ってわりと個人的なイメージがありますけど。そうではなくて、一緒につくっていくような？

猪子　個人的な創作は、それはそれでいいんです、もちろん。僕自身、小さい頃は独りで絵を描くとか、レゴブロックで遊ぶのすごい好きでした。レゴブロックで遊んでいるときには友だちに来てほしくないくらい。

片山　集中できないから？

猪子　それもあるけど、僕のなかにはすごい構想があるのに、人が増えたら使えるブロックの数が減るじゃないですか（笑）。だから、そういう個人的な行為を否定する気は全くありません。でもそれとは違う楽しみ方の提案として、大勢で創造していく体験があったらいいなと思って。具体的にはこの「学ぶ！未来の遊園地」という……。

片山　画面に映像が出ています。これは子どもたちが描いた絵ですか。

猪子　そうです、一人一人、みんな自由に好きな絵を描いている作品「グラフィティネイチャー - 山と谷」です。花とか、カエルとか、トカゲとか、ワニとか。それが集まって、結果として一個の世界をみんなでつくっています。もうその世界はその世界として、一

※16 Co-creation　チームラボによる共同的な創造性（共創）を育む教育的プロジェクト。「学ぶ！未来の遊園地」は、台湾、タイ、中国、アメリカ、インドネシア、南アフリカなどの海外や日本各地で開催され、常設展も日本、中国、ドバイで展開。

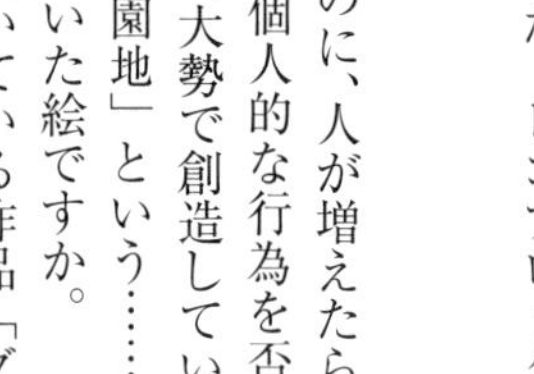

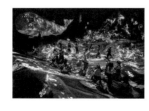

つの生態系みたいになっていて。カエルはトカゲに食べられて、トカゲはワニに食べられたりするんですね。食べられるといなくなっちゃうし、いっぱい食べると逆に自分の絵が増えていく。

片山　自分の描いたものが動き出して、食べちゃったり食べられちゃったりってすごい刺激的な体験ですね。ある種、シビアでもありますけど。これは描いてすぐに動き出すんですか。

猪子　そう、描いてスキャンすると、床に映し出された絵が動き出して世界ができて。そのなかでちょっと身体的な体験もしてもらいます。例えば描いた絵で街ができていくプロジェクトの場合は、絵がリアルなペーパークラフトになって、自分で立体を組み立てていけるというような。あとは転がすと、色も音も変化する、光のボールで遊んだり。そうやって他者と共につくった世界のなかで、共に身体的に遊ぶプロジェクトです。（パソコンを操作しながら）……もう一つ紹介していいですか。

片山　ぜひお願いします。

猪子　じゃあこの作品……。毎年夏に、佐賀で『かみさまがすまう森のアート展』※17っていう、けっこう大きな規模の展覧会をやっているんです。さっきデジタルアートで街を包み込むって話しましたけど、これは自然そのものもアートにできるんじゃないかなというプロジェクトで。佐賀の武雄にある、御船山楽園という古くて広大な日本庭園を舞台にして。ここ僕、大好きなんですよ。50万平米くらいの、東京ドーム10個分くらいの広大な敷地で、樹齢３０００年の大楠とかあるんです。さっきもちょっとお庭の由来の

※17「かみさまがすまう森のアート展」　毎年夏に開催されている、国登録記念物の御船山楽園とチームラボによるデジタルアートイベント。稲荷大明神にある巨岩に滝をプロジェクションした作品のほか、ツツジ谷のツツジ約5万本のライトアップ、池の水面ドローイングなど多くの作品が公開される。

話をしましたけど、ここはまさに、かつて森だったお庭なんですね。

片山　お庭が東京ドーム10個分の広さなんですか？

猪子　僕も最初はそう思ったんですけど、15万平米のお庭と残りの35万平米くらいのもともとの森、合わせて御船山楽園なんです。できてから１７０年くらいなので、江戸後期につくられたんでしょうね。だから御船山庭園ではなくて、楽園なんだろうなって、プロジェクトを進めていくうちにわかったりして。１３００年前に行基[※18]が掘った摩崖仏[※19]もあるんです。つまり１３００年以上前から人とのかかわりがあり続けたお庭で、歩いてるといつの間にか森に入ったりする、庭と森の境界があいまいな、ほんとに好きな場所で。そこで明確な「道」を失いつつ、いろんな作品を見ていくような展覧会ができたらいいなと思って、神社の巨石に滝の映像を当ててみたり……。

片山　あえて森を切り拓いて、森に見立てた庭をつくるって、当時すごく前衛的なことだったでしょうね。そこに猪子さんたちは、デジタルでまた違う見立てをしているということですよね。

猪子　すごい辺鄙な場所なんですけどね。素晴らしい森に対して、１３００年以上前からいろんな人が、勝手に意味を見いだし続けてきたんだと思います。ほんと、いい森で。岩とか川とか、何万年、何百万年の時間をかけてできた形をそのまま使って、連続する生命の形を表現できたらいいなと思うんですよね。

片山　そもそもこの森とは、どうやって出会ったんですか。

猪子　御船山楽園は私有地なんです。持ち主の方がたまたまチームラボの作品を好きで、

※18　行基（ぎょうき、６６８－７４９）　奈良時代の名僧といわれる。河内（現大阪）で生まれ、弾圧に耐えながらもやがて東大寺の大仏建立に携わり、７４５年に日本で初めて仏教界の最高位「大僧正」を朝廷から贈られた。

※19　摩崖仏（まがいぶつ）　自然の岸壁や露岩を利用して彫刻された仏像。

何か一緒にやりたいと言ってくれて。
片山　それで猪子さんが実際に現地に行かれて？
猪子　はい。といってもいきなり大規模にやるのは難しいので、一昨年と去年は古池だけを使ったインスタレーションをしました。そうしたらかなり反響があって、2015年は3万人、2016年は5万人くらいの人が来てくれたんです。それでもう、今年は思い切っていっちゃえっみたいな感じになって（笑）。もうすぐオープンで、7月から10月までの約4か月、どんとやります。東京からだとちょっと距離ありますけど、本当にお庭自体も素晴らしいので、ぜひ。
片山　行ってみたいな。とても興味あります。お話を伺っていると、チームラボは本当に自由というか、作品のキャンバスを選ばないんですね。
猪子　自然そのものを使った作品はここ以外でもいくつか考えています。デジタルアートって都会的なイメージありますけど、そうじゃないよってことは言っていきたいなと。ほんといろんなところに広げていけたらいいな。
片山　やりたいところでやっちゃうというか。可能性は無限ですね。

新しい社会の、美の基準を変えるために

片山　ではここから質問タイムにいきたいと思います。もうすでに手を挙げてる人がいっぱいいますね。猪子さん、当ててください。

猪子　いや、お願いします。
片山　じゃあ僕が当てますね。それではまず目の前の彼女、どうぞ。
学生A　ありがとうございます。チームラボさんの作品って感覚的なものが多いと思うんですけど、猪子さんご自身がいちばん信頼している五感はどちらですか。
猪子　できるだけ身体全体で感じたい……っていうと知性がなさそうなんだけど、でもなるべく身体で考えたいと思っているんですよね。最終的には言葉にするけど、最初はあんまり言葉で考えないようにしてる。考えてないわけじゃないんだけど。自分で体験したものしか信じないようにしてます。
片山　五感はきっと、何がいちばんということはなく、フル稼働なんじゃないですか。直感で感じたものを細かく因数分解をしていくと、言葉になるのかなって、お話を伺っていて思いましたけれど。どうですか。
猪子　そんな感じです。
学生A　わかりました。あと睡眠時間もよければ教えてください。ちゃんと寝ているのかなと思って。
猪子　昨日、佐賀から帰ってきたところで、ちょっといろいろ立て込んでて最近あんまり寝れてないです。今日は昼間のアポを全部キャンセルしてちょっと寝たんですけど。
片山　ここはキャンセルしないで来てくれてありがとうございます。
猪子　これドタキャンしたら、さすがに片山さんに殺されるかなと思って（笑）。そう、だから仮眠を合わせて、今日は4時間くらい。普段はもっと寝ます。どこでも寝れる。

今すぐ、座ったままで3分以内に寝る自信あります。

片山 寝なくても平気なタイプですか?

猪子 いや、ダメです。全然ダメ、寝ないと。寝る。すごい寝る。

片山 朝型とか夜型とかありますか。

猪子 完全に夜型です。朝とか二度と来ないでほしい。

片山 そこまで(笑)。考えるには夜がいいっていうのは、なんとなくわかる気がします。でももう少しすると朝型になってくると思いますよ。年齢的に。

猪子 ええー。

片山 質問、大丈夫かな?

学生A はい。ありがとうございました。

片山 次、よかったら当ててください。誰でもいいですよ。

猪子 じゃあ……後ろのほうで手を振ってる……。

片山 では、彼女にマイクを。

学生B お話ありがとうございました。境界という言葉や、花が散ってしまうといった時間の流れとかが、すごく仏教的というか日本人ならではの視点だなと思いました。そういうコンセプトを自覚したきっかけや瞬間というのは、どんなときだったのでしょうか。

猪子 特別に何かあったわけではなくて、つくっているうちにたまたまこうなったって感じじゃないですかね。まぁ……自分は1996年に大学に入学したんだけど、ちょうどその頃ってインターネットが出てきて、何か新しい社会が始まるような空気があったのね。西海岸のヒッピームーブメントの残党が、敗北のなかから何か新しいものをつくろうと模索してきて、その芽が20年、30年経ってようやく表に出てきたみたいな。そんなインターネット黎明期の背景にある思想も好きだったし、人々が新しい社会をつくっていくこと自体にすごく興味があった。だから自分も、新しい社会をつくるであろうデジタルで何かをやる、って決めたんです。こういう話、今日してないから、ここでもう少し話していいですか。

片山　もちろんです。お願いします。

猪子　それでチームラボをつくったんですけど。デジタルで何かをすると決めたから、チームラボでは、デジタル以外の表現は禁止したんです。今だとデジタルで何でもできちゃうようなイメージあるから、大したことじゃないように思えるかもしれないけど、当時——今から20年くらい前のデジタルって、すっごい、しょぼかったの。インターネットだってここまで普及していなかったし、スマホもアプリもないし。何か表現したい、表現したい、って思ったとき、デジタルだけでできることってものすごく少なかった。絶対にアナログの手法を取り入れたほうが簡単だしクオリティも高かった時代なの。……でしたよね？

片山　うん、わかります。手で描くほうが早くて正確だったりしましたよね。デジタルやインターネットはまだ黎明期で、使いこなせる人も少なかった。これから発展していくものに対して、なんとか期待をしながら鍛えていった時期でした。デジタルしばりか……大変だったと思います。

猪子　集団で何か新しいことをやる、って決めたなら、どこかカルト化する必要があると思うんです。チームラボの場合は、デジタル以外禁止。あと20世紀的な概念も禁じました。例えば、一人のスターをつくるの禁止。イベントに安易にミュージシャンを呼ぶのも禁止。

片山　それまで良しとされていた成功法則を、すべて禁じ手にしてしまう。

猪子　うまく説明できてるかわかんないけど。あ、最近たまたま『ノーマ、世界を変える料理』[※20]っていう、世界一予約が取れないっていう北欧料理店のドキュメンタリーを観て、それは近いと思いました。そこのオーナーシェフは、天才でも有名でもなかったんだけど、ある日「北欧料理店をやる」って決めたんです。その背景には、彼なりの当時の食の問題に対する答えの模索であったり、理想的な社会像や人間像があるんだけど。とにかく、「決めた」。でもその頃ってまだ北欧料理はジャンルとして確立してなくて、北欧の素材も限られている。そこで普通なら行き詰まってしまいそうなんだけど、運よく、森に住んでるヒッピーみたいなおじいさんがキノコを売りに来るんですよ。森でキノコを採りすぎて、奥さんに「北欧の素材しか使わないレストランがあるから売ってきなさい」って言われてしぶしぶやってきたおじいさん。オーナーシェフは、そんなおじいさんとの出会いをきっかけに北欧の森のことをいろいろ教えてもらった。高くて買えない柑橘類の代わりに蟻を使って酸味を出すとか、どんどん創意工夫が積み上げられて、結果としてほかに類のない、世界一といわれる創作北欧料理店になるんです。

※20『ノーマ、世界を変える料理』2015年にイギリスで製作されたドキュメンタリー映画。監督・ピエール・デュシャン。主演・レネ・レゼピ（レストラン「ノーマ」創始者）ほか。「世界ベストレストラン50」で4年連続1位を獲得し、同年マンダリン オリエンタル東京に30日間期間限定出店した際には定員2000名のところ6万件以上の予約連絡が入ったコペンハーゲンのレストラン「noma」の料理長に4年間密着取材したドキュメンタリー。

片山　あえて特殊な環境に身を置くというか、自らに厳しいルールを課すことで、進化せざるをえないということですかね。

猪子　ある種、賭けですよね。「決める」って。でも何かをした人って、多かれ少なかれそういうところがあるんじゃないかと思います。天才だから、じゃないんです。今よりもいい状況にしたいという理想があって、それを追うと決めて、懸けて、貫いて、結果が生まれた。そういう強い思いが、キノコ売りのおじいさんとの出会いになったんだとも思う。

片山　猪子さんは、デジタルが世の中を変えていくと信じていたんですよね？

猪子　信じてた。もともとヒッピーっぽい思想だったから、既存の社会よりも、デジタルやインターネットの生み出す新しい社会のほうが、より自分の思う理想的な社会に近づけるはずだと信じていたし、信じたかった。旧《ふる》いものに勝ってほしいと思っていました。

片山　絶対に波が来ると信じて勝ち馬に乗ったわけではなく、勝ってほしかった……ということだったんですね。

猪子　信じる気持ちももちろん強かったです。理想的な社会により近づくために、テクノロジーの面では、すでに自分より優秀な人たちがシリコンバレーでどんどんイノベーションをしていたから。そのなかで自分はアートをつくることで、美の基準が変わればいいなと思ったんだよね。世界の美の基準の変化も、新しい社会の実現においては、すごく重要だと思ったから。

片山　もともとアートに興味があったんですか。

猪子　そうですね。でも最初はどちらかというと、サイエンスのほうに興味がありました。サイエンスっていうのは、「世界をより見えるように」してきたものだと思うんです。でも大学生くらいになると、今以上に世界を「より見えるように」するって、宇宙の果てとか、分子の原子だとか、そういうものすごくちっちゃいところになっている、ってわかってきた。それはもはや、興味の範疇を超えちゃったっていうか。「おれ、見えなくてもいいや」と思うようになったんです。一方でアートは「世界の見え方を変えてきた」ものだと思うんです。ずっとサイエンスのほうが好きだったんだけど、だんだん世界の見え方を変えるほうがいいなと思うようになって、興味の比重が移っていきました。

片山　質問への答えとしては、何かきっかけがあったというよりも……。

猪子　「決めた」ですね。それでほんと、いろいろやっているうちに今みたいなことになってる。僕の話を聞くよりも『ノーマ』のドキュメンタリーを観たほうがいいよ（笑）。

片山　今のお話を伺ったうえで『ノーマ』を観たら完璧かもしれないですね（笑）。どうかな？

学生B　ありがとうございました。ドキュメンタリーも観てみます。

20世紀概念に最適化するのだけは避けようと思った

片山　猪子さん、当ててもらえますか。

猪子　ええー。わかんない……。片山さん、当ててください。

片山　女子が続いたから、次は男子がいいかな。後ろのほうで手を振っている彼、いきましょうか。

学生C　こんにちは。猪子さんは東京大学を卒業後、アーティストをされているということなんですけど、アーティストって僕たち美大生でもなかなかなれない職業だと思うんです。大学を卒業するときに迷いなどはなかったのでしょうか。もともとアーティストを目指す気持ちがあったのでしょうか。よろしくお願いいたします。

猪子　……うーん。「アーティストになりたい」とは、あんまり思ってなかったなぁ。学生が終わっても自由につくれる場を維持したい、という思いは強かったけど。だから最初にも言ったけど、生活のために昼間は請負の仕事をして、それが終わってからやっと、夜中に自分の好きなものをつくるような生活をしていたんだよね。呼ばれ方はどうでもよかった。

片山　好きなものをつくっていて、結果として、アーティストと呼ばれるようになった、という感じですよね。まあアーティストといっても、今までにはないようなアートだけれども。

猪子　うん。チームラボって名前の通り、チームで何かつくる場所だから。その場を維持できればいいと思っていました。でもどうせなら、自分たちのつくったもので何か世界に影響を与えたいという気持ちもありましたよ。日本だけじゃなくて、人類全体にほんのちょっとでも何か意味があるようなことをしたいって、それはずっと思ってた。ビ

instigato

ジネスとして考えるなら、海外のトレンドをコピーして日本に持ち込むほうが早いし効率もいいです。でも目的はそこじゃなかったから。ジャンルとかも、どうでもいいと思っていました。だから迷いっていうのはなかったですね。

学生C　わかりました。ありがとうございました。

片山　何かでインタビューの記事を読んだんですけど、東大を卒業するとき、「青春を継続したいからチームラボをつくった」と言われていましたよね？　ポジティブなモラトリアムというか。ずっと好きなことをして生きていきたいって。

猪子　ああ、それもあります。なんか青春——っていうか、学生の頃って、中二病の後遺症がわりと強く残っていて、世界はきっと変えられるはずだと思っていたし、仲間とずっと一緒にいたかったんですね。でもそういう後遺症を、過去の黒歴史にしてしまうより、ずっと維持できたらいいなって思ったんですよ。忘れてしまうよりも。

片山　あとたしか、東大に入ったのは、逆玉の輿に乗るため……というようなお話もあったと思うんですが。

猪子　あー、その話は（笑）。

片山　デマ？

猪子　いや、ほんとなんだけど（笑）。ちゃんと説明すると、インターネットが普及する前の日本社会って、1990年代初頭にバブルが終わってから、ずっと止まっていたんです。何も変わらない社会が延々と続いて、ゆっくりと衰退していくみたいな。起業だとかベンチャーなんて言葉も一般的ではなかったし、会社といえば大企業と下請けみたいな構図。会社のなかもいわゆる年功序列で、高齢化社会だけは確実に決まっていた。僕が高校生だった頃って、そういう状況だったんですよ。そんな環境じゃ、かなり年を取らないと好きなことできないじゃん。そんなの嫌だから、ワープしようと思ったんです。で、ワープするには逆玉しかないなと。じゃあどうしたら玉の輿に乗れるのかって考えてたら、ある大手企業の社長が三代続けて婿養子でみんな東大卒って聞いたので、よし、まず東大だ、と思ったんですよね。

片山　それで東大に入れちゃうんだからすごい。

猪子　当時の社会のメインストリームで勝負する——つまりサラリーマンをやって社会を生き抜くより、東大に行って逆玉を狙うほうが、絶対に競合少ないですよ。みんな、よく競合だらけのど真ん中に行くなあってそっちのほうが驚く。まあ結局、入学するのと同時期くらいにインターネットが出てきて、逆玉狙ってる場合じゃねえ、って思ったからその野望はそこで終わりましたけど。

片山　会社をつくったのは大学を卒業してすぐですよね。

猪子　そう。さっきの話の続きで、何か新しい社会が始まるだろうと思ったし、始まってほしいと思っていました。当時はインターネットとデジタルが、人類をすごく良いほうに導くんじゃないかという希望にあふれてたから。今は絶望にあふれているけど。それで新しい社会で活躍するにはどうしたらいいか考えて、とりあえず、20世紀から存在する会社に最適化するのだけは避けようと思ったの。大企業とか伝統とかそういうものには1ミリも近づかないようにして、同じ空気も吸わないようにして、僕より年上の人間には一生会わない、話も聞かない、万一アドバイスなんてされたら、絶対に真逆の選択肢を選ぼう、と決めた。この先どうしたらいいか答えがわからないから、とにかく現状を否定したんです。

片山　ここでも「決めた」んですね。

猪子　そう。決めちゃうんですよ。だって20世紀から生き残っている会社っていうのは、やはりその時代で何か正しさを見つけたから残っているわけです。正しいんですよ。同じように普通にやったら勝てっこないよ。だからとにかくルールをたくさん決めて、カルト化して、模索していきました。

学生C　わかりました。ありがとうございました。

片山　質問あと2つくらい、いけるかな。じゃあ、そこのあなた。

学生D　美術の価値概念や、世界を変えたいって何度もおっしゃっていたんですけど、猪子さん自身は、現在の日本や世界で、何がいちばん問題で、どういうところを変えていきたいと思っていますか。

猪子　具体的な問題っていうより、やっぱり境界とか区別がない世界になっていけばいいなあって思う。今はまだ境界をつくりたい人のほうが優勢だけど、国境とか国籍とか、そういうのももっとなくなっていったらいいなと思ってる。そのほうが気持ちがいいと思うから。あとは有限っていう概念からも解放されたらいいんじゃないかな。人々はいろんなことを有限と思い込みすぎているんじゃないかって。………この話は長くなっちゃうから、また今度にしよう。とにかく、境界とか有限とかっていう概念から、もっと人々が解放されたらいいなって思ってます。
学生D　ありがとうございました。

人は自由なんだから

片山　じゃあ最後。左側の列の、黒い帽子の彼女。
学生E　素晴らしいお話をありがとうございました。猪子さんが、学生時代にやっておけば良かったと思うことがあったら、教えてください。
猪子　あーそういう………。学生時代にやっとけかあ〜。
えーーー。
うーん……。
……………………………………………………。
片山　ちょっと待ちましょうか。
猪子　…………（考えている）。
学生E　…………。
片山　…………。
猪子　…………（考えている）。
片山　……猪子さんは、大学には真面目に通っていましたか。
猪子　……僕ね、応用物理系計数工学科っていう、わりとハードコアなところだったんですよ。実験とかたくさんあって、サボりたくてもサボれない感じだったので、けっこうちゃんと通ってました。でも入学してすぐに興味が別のほうに行っちゃったから、つまんないし、ちんぷんかんぷんでしたけど。

片山　じゃあ大学時代、楽しかった遊びとか。

猪子　……………………（考えている）。

片山　……僕もこうして、間で語れる男になりたい（笑）。

猪子　え、そんなの。

片山　無理です僕。沈黙に耐えられなくて。言葉で埋めちゃう。

猪子　そんなのしなくていいのに。学生時代ね。……………………。

片山　でも在学中って…って、すみません、すぐに間を埋めようとして（笑）。

猪子　先生、そんなに無理しなくていいですよ（笑）。

片山　いや、聞きたいんです。聞きたいの（笑）。彼女の質問とちょっとずれるかもしれないけど。大学を卒業してすぐにチームラボをつくったっていうことは、在学中からその準備はされていたんですよね。そのあたりはどうですか。

猪子　ああ、それはしてました。大学に入る前、上京する前からインターネットの存在は気になってて。ああそうそう、思い出してきた。よくある話なんだけど、高校3年生の終わりくらいって、仲のいい友だちと、大人になったら一緒に何かやろうよって血迷った発言をするくらいに、青春真っ只中でね。上京してすぐにインターネット繋げて、最初に海外の美術館かなんか見たのかな。そのとき、わぁ世界が繋がってる！と思って。

この分野で何かやろうと思って。ただ大学時代は………何もしてないね（笑）。

片山　それオチですか（笑）。

猪子　いや、ほんと、サークルとか入らなかったから。もともとすごい夜型で、小学校くらいから朝起きれなかったから、当然午前中の授業は行けないし。サークルも入ってないし。学校外に大人の友だちがいたわけでもないし。

片山　大人と会わないって決めてたんですもんね。

猪子　そうそう。まあ今となっては、大人にもっと遊んでもらえば良かったと思っているけど。ああ、あと、20歳くらいのときに、大学を休んで1年9か月くらい、海外に行きました。病的に英語ができなくて、テストで0点とか取ってたから、少しでもできるようになればいいなと思って。ダメでしたけど。プログラミングも勉強したけど……結局プログラミングって論理的な積み上げですよね。だからある程度はできるようになったけど、嫌いでした（笑）。だからあんまり、これをやっとけっていうのは……。

片山　社会に対して怒ってたりしていました？

猪子　やたら怒ってた。ああ、思い出した。チームラボをつくる前に、地元の幼稚園の友だちとあるチームをつくってたんです。大学の終わりくらいかな。でもその話はね、絶対に言えない（笑）。

片山　え、それ言って終わりにしましょうよ。さわりだけ。

猪子　それはダメ（笑）。なんかね、わーってやって、わーっとなった（笑）。まあざっくりいうと、文化的なイベントとかやってたんですけど、権力とかカネとかを持った大人たちに、一瞬でボコボコにされたんですよね。なんかもう青春映画の敗北そのものみたいな苦い思い出ならあります。でもこれはもうほんと、思い出したくないしこれ以上は言わないです。

片山　わかりました。なんていうのかな、楽しいことを継続するには、強い基盤や、力を持たないといけないというようなメッセージでしょうか。

猪子　いやそんなメッセージはないです（笑）。

片山　違いますか（笑）。

猪子　まあでも、ひどい経験を経て、考え方は変わりました。強い基盤を持たなきゃっていうのは合ってて。それで何したかっていうと、鎖国したいって思うようになったんですよね。それがチームラボがカルト化した一因ではあると思います。

片山　ある意味、学生時代にきつい社会の洗礼を受けた感じなのかな……。敗北を知って、次のステージに進むというか。チームラボをつくって、今、何年目ですか。

猪子　17年。

片山　まだ17年というのか、もう17年というのか、わかりませんけど、どうですか、当時敵わなかった大人に、対抗できていますか？

猪子　いやー、難しい質問ですね。

片山　僕からしたら猪子さんて、思ったことをそのまま言うし、やっているように見えるんですよ。それって社会に出ると、なかなかできないことです。たぶんケガをされることもあると思う。でもそこで守りに入るよりも、自分に正直に生きていたい気持ちの

ほうが強いっていうことですよね。

猪子　いや、後悔はしますよ。でも治らない。もうほとんど病気です（笑）。

片山　でも後悔はしても、本音でやってきて良かったのではありませんか。

猪子　まあ、それはそうですね。

片山　たぶんここにいる学生たちはみんな、多かれ少なかれ、社会で当たり前とか無難だとされていることに疑問や反発を持っていると思うんです。だから猪子さんのように正直に自分と向き合って創造を続けている方の言葉に、今日はすごく勇気をもらったんじゃないかな。

（会場拍手）

僕も勇気をもらった気がするし、なにより、トークショーで、べつに沈黙が続いたっていいんだっていうことを今日は学ばせていただきました（笑）。

猪子　そんなの（笑）。だって自由ですよ。自分が話したいときに話せばいいじゃないですか。自由自由自由。人は自由なんだから。

普遍的なものを探っていけば右往左往せずに済む

片山　最後に一つ、僕から質問させてください。これはゲストのみなさんに必ず伺っているんです。猪子さんは今、40歳。10年後はちょうど今の僕の年と同じ50歳なんですけど。そのとき、何をやっていたいですか。あるいは何をしていると思いますか。どんなイメージでも結構です。

猪子　そうですね。

…………。

……………………。

………………。

……………………。

片山　……フフ。

（会場笑い）

猪子　……いや、全然わかんないなあ。

片山　そうですか（笑）。なんでもいいんです。パッと思い浮かんだことでも。

猪子　うーん。なんだろ。日本でなくても、世界中のどこでもいいんですけど、一つの街を買って鎖国したいかな（笑）。

片山　さっきも鎖国という言葉が出てきましたよね。やっぱりルールを設けて、唯一無二の新しいことに挑戦するんでしょうか。

猪子　わかんないですけど。全部デジタル制御したアートの街みたいなの、できたらいいかもしれないですね。

片山　面積はどのくらいのイメージですか。

猪子　僕は徳島出身なんですけど、徳島って40パーセントくらい限界集落なんですよ。限界集落って、単独では存続が不可能な集落のことをいうんですけど。それなら買えるんじゃないかと思って。

片山　えっ、徳島の40パーセントを？

猪子　違いますよ（笑）、買うのはどこか1か所です。できれば信号くらいはある場所がいいな。誰も住んでいないような街を全部アート化して、建売住宅みたいにして好きな人に売っていくっていうのは、面白いかも。木を触っても家のどこか触っても、全部、音が鳴ったり光ったりするの。

片山　それホントに実現しそうじゃないですか。新しい村おこし……っていうと猪子さんに嫌がられそうだけど、地元の人にも喜ばれそうですし。

猪子　いやもう、その土地の人のこととかは考えない（笑）。役に立つとか喜ばれるとかそういうのじゃなくて、広大な土地を使ってひたすら自分の好き勝手やりたいです。まあ今回、御船山楽園のプロジェクトでいろいろなチャレンジをさせてもらっているから、すでに結構、楽しんでいるんですけどね。

片山　わかりました（笑）。ありがとうございます。猪子さんの構想が実現するのを楽しみにしています。……最後って言ったのにすみません、もう一つだけ。ここにいる学生のみんなに、もう一言、メッセージをもらえませんか。さっきの質問にもあったけど、やはりアーティストになりたいって憧れて美大に来ている子、多いと思うんです。背中を押していただけたら。

猪子　背中を押せるかはわかんないけど。ただ、普通に生きてたら、人って、常識に侵されると思う。でもその常識とか正しいといわれるものは、広い世界や長い歴史から見たらブレます。たまたまローカルのこの瞬間だけの常識だったり正しさだったりするわけで。だから既存の何かとは違うものを求めるなら、そういう表面的なものからいかに脱却するかを考えたほうがいいと思う。そのうえでもっと普遍的な、人間や社会の本質的なことを探っていくほうが、余計な右往左往しないで済むから。自分の場合はさっき言ったように、過去の価値観から徹底的に距離を取るとか、大人を信じないとか、ある種カルト的な方法でそれをやったけど、ほかにもいろんな手段があるはず。自分の身体の反応を信じるとか、体験を信じるとか。もしくは歴史をよく勉強して、いかに常識というものがブレているか知るのもいいし。世界中の国を見れば、自分のまわりのローカルなルールを俯瞰できるからね。そうやって、自分がいいと思うものを見つけていけたらいいんじゃないかと思います。

片山 自分の意見を持つって大事ですよね。今の時代って情報がすごく多いんだけど、だからこそ自分の選択に自信が持てなくなって、声の大きい人が良いと言ったことを、そのまま鵜呑みにしてしまうことも多いと思うんです。猪子さんがおっしゃったように、自分で考えたり、体験したり、調べたり、そういうことを大切にしてほしいなと僕も思いました。

猪子 そうですね。

片山 ありがとうございました。今日はこういう話になると思っていなかったです、正直。

猪子 どういう話になると思ってたんですか。

片山　もうちょっとバキバキな話になるかと。

猪子　バキバキってどういう話ですか（笑）。

片山　デジタルの専門用語だらけでついていけなかったらどうしようかと。でもわかりやすい言葉に変換してくださったので安心しました。とても楽しかったです。

猪子　あとは、アートコレクターの片山先生が、いつチームラボの作品をコレクションに加えてくれるかが気になりますね。

片山　前向きに検討させていただきます（笑）。このあと、夜中にまたミーティングがあると伺っています。本当に今日はお忙しいなか、ありがとうございました！

猪子寿之先輩が教えてくれた、
「仕事」の「ルール」をつくるためのヒント！

□自分たちがつくりたいものを、つくり続けられる状態を経済的に維持することに必死だったんです。朝から請負仕事をして、夜中に、誰に認められるわけでもない自分たちの作品づくりをやってました。

□身体とか物質とか、なんかいろんなもので分断されているじゃないですか。だから、境界のないのが気持ちいい、っていう体験を、いろんな形でつくれたらいいなと思いながら、やっている。

□どこからかヒーローがやってきて解決してくれる、なんてストーリーを毎日見ていたら、何もできない人間になりますよ。自分でほんのちょっとずつ変えていくほうが、ずっとずっと健全だと思う。

□集団で何か新しいことをやるって決めたら、どこかカルト化する必要がある。チームラボの場合は、デジタル以外禁止。20世紀的概念も禁じました。

□日本だけじゃなくて、人類全体にほんのちょっとでも何か意味があるようなことをしたい。

□ローカルのこの瞬間だけの常識や正しさ。既存ではない何かを求めるなら、そういう表面的なものからいかに脱却するかを考えたほうがいい。

Music for **instigator**
Selected by Shinichi Osawa

#018

1	I Wish I Didn't Miss You	Feist
2	Aquí, Port Lligat	FaltyDL
3	Places	Shlohmo
4	Mushaboom (Mocky Remix)	Feist
5	ダーリング (Shinichi Osawa Edit)	沢田研二
6	The World Was A Mess But His Hair Was Perfect	The Rakes
7	The Look Of Love	Dionne Warwick And Burt Bacharach
8	Mi Novela Autobiográfica x Measure (Shinichi Osawa M.U)	高橋幸宏 x Le Mans
9	Click Loud	Marc Rapson
10	Bearcan	Metronomy
11	Work	DJDS
12	So Complete	RAD
13	1PM Morning	Savile
14	Boyfriend (Lindström & Prins Thomas Remix)	Confidence Man
15	The Birch	Atomic Hooligan
16	Pygmy Funk	Von Party
17	So Good	Nao vs. A. K. Paul
18	ムーン・リバー (Shinichi Osawa Edit)	ザ・ピーナッツ
19	Keep Your Name	Dirty Projectors

※上記トラックリストはinstigator official site(http://instigator.jp)でお楽しみいただけます。

Smoking
kills

#019

是枝裕和

映画監督

1962年、東京生まれ。87年に早稲田大学第一文学部文芸学科卒業後、テレビマンユニオンに参加。主にドキュメンタリー番組を演出。95年初監督した映画『幻の光』(原作／宮本輝、主演／江角マキコ)が第52回ヴェネツィア国際映画祭で金のオゼッラ賞等を受賞。2004年、監督4作目の『誰も知らない』がカンヌ国際映画祭にて映画祭史上最年少の最優秀男優賞(柳楽優弥)を受賞。13年、『そして父になる』で第66回カンヌ国際映画祭審査員賞受賞ほか、国内外で多数受賞。18年、『万引き家族』が第71回カンヌ国際映画祭でパルム・ドールを受賞。最新作は全編パリで撮影されたカトリーヌ・ドヌーヴ主演作『真実』(10月11日公開予定)。

「神の目線」を排除して、
どうフィクションが撮り得るか

グレた子を見ると「家が幸せなんだろうな」と思っていた

片山　こんばんは。今日のゲストは是枝裕和監督です。最新作『三度目の殺人』[※1]も上映中でとてもお忙しい時期なんだけど、僕が公私共に仲良くしてもらっている本広克行監督のご紹介で、今回、お越しいただきました。つねに妥協のない作品づくりをされている方です。ぜひ製作の過程なども伺えたらと思っています。

是枝　よろしくお願いします。

片山　どうぞお掛けください。ムサビには何度かいらしたことがあるそうですね。

是枝　今ムサビの映像学科で非常勤講師をされている林克彦さんと、20代の頃にＮＨＫのドキュメンタリー番組を2本ご一緒した縁がありまして。これまでに5、6回は来ていますね。

片山　どうですか、ムサビの印象は。

是枝　ムサビの印象……。不思議な服を着た子がいる、……かな。みんなわりと黒っぽい服を着ているような印象があります。

片山　監督は早稲田大学の理工学部の教授をされていますが、カラーは違いますか。

是枝　どうかな、僕が担当している授業は映像の製作実習で、映画を撮りたい子たちがいろいろな学部から集まってきています。だからわりと、早稲田のなかでも柔らかいほうかもしれません。

※1『三度目の殺人』　2017年公開の法廷サスペンス映画。監督・是枝裕和。主演・福山雅治。

片山　監督も早稲田のご出身ですよね。
是枝　はい、文学部でした。
片山　まずは子ども時代のお話からお聞きしたいと思います。監督は１９６２年生まれで、現在55歳。僕より４歳先輩です。東京都練馬区のご出身で、少年時代はスポーツ少年だったと伺いました。剣道や野球、バレーボールもされていたとか。
是枝　そうですね。でもあんまり子どもらしくない、羽目を外さない子どもでした。いわゆる優等生タイプ。小学校低学年のときに剣道をやっていたというのは、僕が通っていた小学校の脇が、練馬の自衛隊の駐屯地だったんです。同級生の半分は親が自衛隊員で。
片山　半分も？
是枝　自衛隊員の子どもたちが通うための小学校、と言ってもいいような立地にありました。僕はちょっと遠くて、歩いて30分くらいのところから通っていたんですが。それで日曜日には同級生たちと一緒に、駐屯地の敷地内で自衛隊の人に剣道を教えてもらっていたんです。記憶がどこまで正確かは怪しいんだけど、自分の記憶のなかでは戦闘機と戦車が置かれていて、剣道の稽古が終わったあと、剣道着のまま乗り込んで自衛隊ごっこをしていました。
片山　なるほど。ご両親はどんな方でしたか。
是枝　僕は両親が結婚してからかなり遅くに生まれた子で、父親は戦争体験世代です。台湾で生まれて戦争へ行き、満州で敗戦を迎えてそこから３年くらいシベリアに抑留されたので、軍隊に対する不信感が根強くありました。晩酌でビールを飲み始めると、しょっちゅうシベリア時代の話をするんですよ。「昨日まで『お国のために』と言って偉そうに自分を殴ったり蹴ったりしていた上官が、ソ連が攻めてくると聞いた途端に我先にと逃亡した。下っ端の自分たちだけが取り残され、シベリアでマイナス40℃のなか、抑留された」と。そのあと30歳を目前にして初めて本土に戻ってきたので、かなり苦労しているんです。

片山　自衛隊の剣道教室に通われていたことは、お父さんとしては思うところがあったのでしょうか。

是枝　直接の批判はしなかったけど、自衛隊の官舎を見ると「安い金でいいとこ住んでるんだよな」ってぐちぐち言っていましたね（笑）。原体験は大きかったと思います。

片山　うちは父方の祖父が看護兵で母方の祖父が通信兵でしたが、戦争の話は全然しませんでした。どちらかというと話したくない、というムードがあって。

是枝　僕もその話を聞くのは嫌でしたよ。暗いし、昔の話だし。まあ、今思うとちゃんと聞いておけば良かったと思いますけど。当時は家も貧乏で、不穏な空気が流れていました。祖父母も同居していて、木造平屋の二軒長屋の、6畳と3畳の2部屋で6人家族が暮らしていたんです。物心がついた頃にはすでに祖父がボケていて、留守中に家の食料を全部食べてしまったり、それなのに近所の人に「嫁がごはんを食べさせてくれない」と言いふらしたりして、母親はかなり大変そうでした。アルツハイマーだったのでしょうが、1960年代当時はまだそんな言葉も知らなくて。家族みんな、病気というより祖父の性格の問題だと思っていましたから。

片山　まだ認知症という言葉も、一般的ではありませんでしたね。

是枝　そう、だから母は「なんでそんな嘘をつくんですか、そんなに私のことが嫌いですか」とよく嘆いていましたね……。そういう状況なのに、父親はしょっちゅう家を空けていなくなってしまうんです。これで自分がグレたりしたら大変なことになる、しっかりしなきゃと、幼稚園時代から思っていました。

片山　そんな小さな頃から。じゃあ優等生タイプだったというのは、そういう責任感からだったんですか。

是枝　子どもですからそこまで深く考えていたわけではないにしても、羽目を外せない、という気持ちがあったのは確かです。中学に入って、同級生が突然眉毛を剃ってきたりタバコを喫ったりしていると、ああ家庭が幸せなんだろうな、甘えてるんだな、って思いましたね。それが羨ましいわけでもなかったですけど。

片山　家のことでなく、自分の意思を優先した生き方ともいえますからね。

是枝　優等生でいたのは、先生に褒められたかったという理由もあります。小学校1、2年生のときのクラス担任で、小須田先生という女性の先生がいたんですよ。小須田先生に褒められたいっていう気持ちがとても強かったのを覚えています。ちょっと特別扱いもされていたので。

片山　特別扱い？

是枝　自習になると「あとは是枝くんよろしく」っていなくなっちゃうんです。先生がいなくなると僕が教壇に立って、自習時間を仕切っていました。わからないところがある子の側に行って、教えたりして。僕自身、みんなと同じというより、先生の次っていう自負がありました。嫌なやつでしょ。でもそれを誰も不思議に思わない状況だったんですよね。

片山　反発はありませんでした？

是枝　まあ「是枝はそういうポジションだから」って思われていたと思います。でもね、おかしいのが、通知表のコメント欄に、「子どもらしい伸びやかさに欠ける」って書かれたんですよ。そんな先生代理みたいなことをさせておいて。当時はそれがすごいショックでしたし、どうしたらいいのか悩みました。

片山　それは言われたくないですよね。怒ってもいいところですよ、矛盾したことを言われているんだから。

是枝　そこで怒らずに悩んでいる時点で、子どもらしくないですよね。

フェリーニの『道』と『カビリアの夜』で映画監督に興味を持つ

是枝　考えてみると、小須田先生の影響はかなり大きいです。帰りの時間になると、クラスの子を登場人物にしたお話をしてくれるんですよ。教室の隅にあるオルガンを弾きながら。毎日ではないんですが。僕はあまり出てこなくて、だいたいはやんちゃな子が出てきて、笑って終わるんですけど。みんなそれを楽しみにしていて、「今日は自分が出てくるといいな」って期待しながら目をつむって聞いていました。

片山　それで物語をつくることに興味を持ったんですか？

是枝　どちらかというと、先生になりたいと思いました。先生になって、こういうことができたら素敵だなって。その後、僕は3年生の途中で転校するんですが、転校先の学芸会では、役者として舞台に立つのではなく、お話を書かせてもらっていました。もちろん子どもの考えるものなので拙いんですけど、自分が考えた物語を面白がってもらえたりすると嬉しくて。それから母親が映画好きで、といっても経済的に映画館には行けないのでテレビでですけど、よく映画を観ましたね。テレビっ子で、ドラマもたくさん観ました。そうしてだんだんと、中学、高校にかけて、物語をつくる人になりたい、という思いが膨らんでいったんです。

片山　それで早稲田大学の文学部へ。

是枝　といっても、進路を考える段階ではまだ教職が頭にありました。なにしろ母が「とにかく堅い仕事に就け」、「公務員になれ」とずっと言っていたので……。国語教師になって、バレーボール部の顧問でもやりながら小説でも書いて、文学賞に応募して、受賞したら先生やめて小説家になろう、みたいな青写真を描いていました（笑）。

片山　わりと現実的な構想じゃないですか。

是枝　でも作家になれると思っていたかっていうと、自信も根拠もあったわけではないんです。なんとなく文章を書くのが好きだっただけで。それで大学に入って最初の年に、あ、小説じゃなくて映画だなと思って、とりあえず脚本を書き始めました。

片山　「映画だな」と思われたきっかけは?

是枝　今話すと後付けになるので、かっこよく脚色しちゃっているかもしれませんが(笑)。大学に入って1か月くらいすると、授業に出なくなったんです。退屈で。それで時間をつぶすために、高田馬場や池袋の映画館をまわっていたんですけど、なかでも早稲田のすぐ近くにあったACT《アクト》ミニシアターっていう会員制のシネクラブにハマって、通いつめました。年間1万円の会費で、毎日でも通い放題だったものですから。

片山　名画座のようなところですか。

是枝　そうですね。どうやら上映権の切れたタイトルも上映していたらしくて、違法でのちに潰れちゃうんですけど。そこで20歳くらいのときに、初めてフェリーニ[※2]の映画を観たんです。『道』[※3]と『カビリアの夜』[※4]の2本立てを。それがもうショックだったんですね。この映像を撮っている監督は、絶対にこの主演女優のことが好きなんだろうなってまず思って、帰ってすぐに調べて夫婦だってことがわかって、なんて素敵なんだろうと。監督が写っていないのに画面のなかに監督がいる、と思ったのはこのときが初めてで、そこから映画監督という存在を意識するようになりました。

片山　それまでは監督名は気にしていなかったということですか?

是枝　10代の頃は、ほぼ役者で観ていました。ロバート・レッドフォード[※5]とか、ポール・ニューマン[※6]とか。あとチャールトン・ヘストン[※7]の主演作は必ず観ていましたね。

片山　ほぼリアルタイムの70年代アメリカン・ニューシネマから、50年代へ。時代的にはかなり遡っていますね。

※2　フェデリコ・フェリーニ(Federico Fellini、1920-1993)　イタリア出身の映画監督、脚本家。

※3　『道』　1954年製作・公開のイタリア映画。監督・フェデリコ・フェリーニ。主演・アンソニー・クイン、ジュリエッタ・マシーナ。

※4　『カビリアの夜』　1957年製作・公開のイタリア映画。監督・フェデリコ・フェリーニ。主演ジュリエッタ・マシーナほか。

※5　チャールズ・ロバート・レッドフォード・ジュニア(Charles Robert Redford Jr.、1936-)　アメリカカリフォルニア州出身の俳優、映画監督、プロデューサー。主な主演作品は『明日に向って撃て!』など。初の監督作品『普通の人々』ではアカデミー賞監督賞、アカデミー作品賞を受賞し、ハリウッド初の「演技と製作の双方で地位を確立した映画人」と称された。

是枝　そうですね、古典を自分で見始めたのが10代の終わりから20歳にかけてで、その時代は日本のテレビドラマがものすごく盛り上がっていた時期でもありました。シナリオライター御三家と呼ばれていた倉本聰[※8]さん、山田太一[※9]さん、向田邦子[※10]さんと、『ウルトラマン』などの特撮ものも手がけていた市川森一[※11]さんの4人がやはりずば抜けていて、彼ら彼女らの脚本が「シナリオ文学」と呼ばれ、単行本で出てきたのもこの頃です。そういった書籍を読んで、見よう見まねで自分も脚本を書き始めました。大学時代は、大学へは行かなかったけれど非常に充実していました。

片山　卒業はされていますよね。

是枝　しました。5年かかって。もう映像の道に進むことは決めていたので、単位をどうしてもとらないといけない最後の試験で、答案用紙に「僕は将来、映画監督になるので、卒業したい。だから単位ください」と書いたことを覚えています。勝手な言い分ですけど（笑）。それで単位をもらえたんですよね当時は。今だったら通用しないでしょうね。

片山　当時は映画はまだ撮っていない？

是枝　全く撮ってないです。一人で黙々とシナリオを書いていました。サークルというものが嫌いだったので、学生らしく集まって何かをつくるような活動はいっさいしていないんですよね。今大学の講義で大学生と映画を撮っていますけど、30年遅れてサークル活動をしているような気がしています。

片山　就職活動は映像系だけですか？

是枝　いえ、そんなに潔くはなかったです。当時は広告業界がすごく輝いて見えていた

※6　ポール・ニューマン（Paul Newman、1925-2008）　アメリカ合衆国オハイオ州出身の俳優、映画監督。主な出演作に『傷だらけの栄光』（1956）『長く熱い夜』（1958）『ハスラー』（1961）ほか多数。

※7　チャールトン・ヘストン（Charlton Heston、1923-2008）　アメリカ合衆国イリノイ州出身の俳優、社会運動家。主な出演作に『十戒』（1956）『ベン・ハー』（1959）『猿の惑星』（1968）ほか多数。

※8　倉本聰（くらもと・そう、1934-）　東京都出身の脚本家・劇作家・演出家。主な作品に『前略おふくろ様』（1976）、『北の国から』シリーズ（1981-2002）など。

※9　山田太一（やまだ・たいち、1934-）　東京都出身の脚本家、小説家。代表作に『男たちの旅路』シリーズ（1976-

んです。コピーライター塾や広告学校もできてきた頃で。

片山　たしかにコピーライターが脚光を浴びた時代でしたね。

是枝　ですから、そこまで映画ひとすじってほどではなく、出版や広告にも興味がありました。広告もいいな、文章も書きたいな、映像もやれたらいいんだけど、と揺れていましたね。ただ協調性や社会性がそんなになかったので、集団作業は自信がなく、一人でできる仕事がいいとは思っていました。

出社拒否中に自主制作をスタート

片山　新卒で入社したのが、テレビマンユニオンという制作会社ですが、変わったシステムの採用だったそうですね。

是枝　日本で最初にできたインディペンデントの番組制作会社なんですが、正社員としての採用ではないんです。参加して1年経つと、推薦してもらえてメンバーになって、そこからはフリーランスのように、自分の裁量で仕事をしていい、と説明されて入ったんですけど。実際は普通にテレビ局のADみたいなことをしていましたね。

片山　3年間の在籍中にドキュメンタリーを撮られていますが、ドキュメンタリーをメインにつくっている会社なのでしょうか。

是枝　いいえ、僕が入った頃は、旅番組とクイズ番組がメインでした。バラエティ系情報番組というのでしょうか。面白いものもたくさんつくっているし、今も仲間がたくさん

1982)、『岸辺のアルバム』(1977)、『ふぞろいの林檎たち』シリーズ(1983−1997)など。1988年に小説『異人たちとの夏』で山本周五郎賞を受賞。

※10　向田邦子(むこうだ・くにこ、1929−1981)　東京都出身の脚本家、エッセイスト、小説家。脚本の代表作に『七人の孫』シリーズ(1964−1965)、『寺内貫太郎一家』(1974)、『だいこんの花』シリーズ(1970−1977)、『あ・うん』(1980)など。1980年に連作短編「花の名前」「かわうそ」「犬小屋」で第83回直木賞を受賞。

※11　市川森一(いちかわ・しんいち、1941−2011)　長崎県出身の脚本家、劇作家、小説家、コメンテーター。元日本放送作家協会会長。脚本の代表作に『ウルトラセブン』『コメットさん』『傷だらけの天使』など。

残っています。でも自分は当時、かなり荒んでいましたね。ドラマの助監督を3本やったところで、もう無理だなと悟りました。

片山　無理？

是枝　怒鳴られるのが嫌で。怒鳴ったり怒鳴られたり、殴ったり殴られたりすることで絆を深めていく……みたいな体育会系のノリが合わなかったんです。「そんなものは愛じゃない、ただ自分がプレッシャーに耐えられなくて、いちばん弱いやつに当たっているだけだろう」って思ってました。でもそういうの好きな人、まだ結構いますよね。

片山　ああ……ジェネレーションもあるのでは。僕は是枝さんの4つ下ですけど、10代、20代の頃は、殴ってくれる人のほうが自分のことを考えてくれているんだ……と思い込んでいました。

是枝　そういう考えありますよね。自分も監督の立場になってから、ちょっと悩んだことあるんです。僕が怒鳴れないのは、愛がないからじゃないかと。そう言われたら否定できない。でも僕自身は、それを愛だと言いながら殴るやつのことを殺してやろうと思っていましたから（笑）。まあ自分が監督になったらこうはすまいと思う、反面教師にたくさん触れることができたのでそれは良かった……と思うしかないですね。

片山　それでも3年間は在籍された。

是枝　1年目で1回逃げて、出戻って、また行かなくなって……計3回、合わせて半年間くらい出社拒否して……。

片山　戻れるものなんですね？

是枝　親切な先輩が一人いて、取り計らってくれて。その方には今でも感謝しているんですけど。でもまあ、面倒くさいやつだと思われてました。話すと長くなるんですが、入社時の説明を信じていた僕は、1年目に大先輩であるベテランプロデューサーの仕事を断っちゃったんですよ。しかも「怒鳴ったりするやり方はおかしいと思う」というようなことも言ってしまったので、喧嘩別れになって。それでまわりのみんなからも避けられて、めげてたのが、最初の出社拒否です。会社に行かなくなって自主制作でドキュメンタリーを撮り始めて、その制作資金を集めなきゃいけないんで、仕方なくまた会社に戻ったんですよね。

片山　資金繰りのために。

是枝　そうなんです。モチベーションは全くないし、愛想も悪いし、先輩や偉いディレクターにお世辞を言わない。しかも早く現場終わらせて自分の自主制作に行きたい気持ちが隠せない。今から思うと怒鳴られても仕方ないんですけど。

片山　サービスで嘘をつかないタイプなんでしょうね。

是枝　そうですね、でもサービスで嘘つかなきゃいけないポジションってあるじゃないですか。でも面白くないものを面白いとは言えない。そうすると飲み会も誘われなくなって、会社にいるのに一人、みたいな状況になるんですよ。結果的にはそれで良かったと思っていますけれど。自分でなんとかしなくちゃ、と思って、企画書を書いて放送局に持ち込むようになったのは、孤立してたからですよね。

片山　結果としては追い込まれたというか、自分で何かつくらなきゃいけない環境になった。普通落ち込みますけど、強いですよね。

是枝　正社員ではないので、会社に行かない間は給料も出ないわけです。だからそんなに負い目はなかったけれど、やっぱりしょっちゅういなくなるから敵はどんどん増えましたね。最後にぶつかったプロデューサーは超ベテランで、すごい面白い企画を出す方なんですけどパワハラもすごかったんです。手は出ないけど、言葉の暴力がひどい。しかも出す企画を全否定でボツにされるので耐えられなくて、本当にデスノートをつくってどうやって殺すか書いていたくらい（笑）。それで3度目の出社拒否になるんですが、そのタイミングで、初めて自分で考えたドキュメンタリーの企画が通ったんです。フジテレビ深夜の『NONFIX』[※12]という番組枠で。

片山　[※13]「しかし…～福祉切り捨ての時代に～」ですね。監督が28歳のときに発表された作品です。

是枝　これは自分で企画して構成して、ディレクターもプロデューサーも全部一人でやりました。なぜかというと、誰も手伝ってくれなかったからです。僕にかかわると、ベテランプロデューサーに睨まれるからね。

片山　そこまでですか。

是枝　かかわらないほうがいい、という雰囲気になっていたみたいです。フジテレビに一緒に行ってくれた先輩がいるんですけど、企画が通った時点で「俺が連れていったとは言わないでくれ」と釘をさされました。そのときやっと「俺の社内的な立場は相当やばいんだな」と自覚しましたね（笑）。でも、その1時間のドキュメンタリー番組を放

※12　『NONFIX』1989年から不定期で放映している、フジテレビ深夜1時間枠のドキュメンタリー番組。

※13　「しかし…～福祉切り捨ての時代に～」1991年にフジテレビ『NONFIX』で放映された是枝監督のドキュメンタリー第1作目。長年にわたり福祉行政に携わってきた官僚の軌跡を辿り、弱者切り捨ての時代の姿を浮き彫りにした。同年、ギャラクシー賞優秀賞受賞。

送した翌日に、決裂していたベテランプロデューサーに呼び出されて「面白かった」って言ってもらったんですよ。「お前がどんなものをつくりたいのか、話を聞いているだけじゃわからなかったけど、番組を見たらよくわかった」って。そう言われたとき、結構感動しちゃったんですよね。それでデスノートから名前を消しました（笑）。

片山　良いものは良いと、きちんと認めてくれたんですね。

是枝　パワハラはひどいけど、それでも、仕事は認めるっていうか。人を惹きつけるのってこういうところなんだなって思いました。もうちょっと早くこれをやられていたら、彼のもとでテレビ番組をつくる未来があったかもしれないですね。

「是枝さんはここに逃げ込んでいるんじゃないか」

片山　会社を休んでいる間、この「しかし…」の取材を続けていたということですか？

是枝　いえ、ずっと取材を続けていたのは伊那小学校のほうです。

片山　「もう一つの教育～伊那小学校春組の記録～」[※14]。

是枝　そうです。「しかし…」を放送して結構反響が大きくて、次も何かやってくれと言われたときに「じつは3年間、撮りためているものがあって……」と切り出したのが伊那小のやつですね。このあたりからテレビの仕事が面白くなりました。

片山　伊那小は面白い教育方針なんですよね。簡単に説明すると、教科書がないんです。そして1年生から6年生までクラス替えがない持ち上がり制で、みんなで仔牛を育てて、

※14「もう一つの教育～伊那小学校春組の記録～」　1991年にフジテレビ『NONFIX』で放映された是枝監督のドキュメンタリー。教科書を使わない総合学習に取り組んでいる長野県伊那小学校の3年春組の子どもたちと、仔牛のローラの3年間の成長記録を追った作品。第9回ATP（全日本テレビ番組製作者連盟）賞優秀賞受賞。

そのえさ代の計算で算数を学んだり、動物の体の仕組みを調べることで理科を学んだり、仔牛についての作文を書くなかで国語を学んだりという、実験的な授業をしている。

是枝　ここに卒業生はいるかな？　……ああ、いた。（挙手した学生に向かって）ね、いい学校だよね。

片山　その伊那小に3年、通って撮影されたんですね。

是枝　そう、仕事さぼって。だからあんまり偉そうなことは言えない（笑）。

片山　担任の百瀬先生は、生徒を子ども扱いしないんですよね。友だちや後輩と接しているような。「おまえ、それでいいと思っているのか！」ってかなり厳しい口調で。

是枝　パワハラですよね……。

片山　その状況を監督は、冷ややかな目で見られていたんですか。それとも共感して？

是枝　この先生は本気だなって思ったんです。合う合わないはもちろんあると思います。百瀬先生はご自身の実家で牛を飼っている方だから、その大変さは理解したうえで、教科学習ではなく総合学習として牛を育てさせている。それに夏休みも毎日、学校に来るんですよ、子どもたちだけにはやらせない。先生がいちばん本気だから、「先生がんばってるから、がんばろうか」って子どものほうも受け止める。みんなが本気で向き合っているから、教室のなかで喜怒哀楽が爆発しているんですよね。カメラが廻っていても。自分は感情を抑えて子ども時代を過ごしてきたから、最初はかなり驚きました。

片山　全員が建前ではなく本当に思っていることを喋っているのがすごいなと、僕も驚きました。6年生になったら牛を農家の方にお返しするのか、このまま自分たちで育てていくのか、っていう会議のときも、先生と生徒がもう泣きながら話し合いをして。

是枝　子どもだし、最初はなかなかうまく感情を言語化できないんだけど、自分の内面を探りながら、一つ一つ言葉を見つけていくんですよね。

片山　百瀬先生は是枝監督に「あなたが向き合う場所はここではない。自分が生まれ育った東京で探しなさい」というようなお話をされたそうですよね。それはどういう受け止め方をされましたか。

是枝　かなりショックでした。是枝さんはここに逃げ込んでいるんじゃないか、逃げ込まれても困る、というようなことを、表現は遠回しにやんわりでしたが、結構きつめに言われたんです。なんでそんな話になったかというと、伊那小は毎年1回、公開学習の日というのがあって、観光バスで全国から、当時千人くらいの先生たちが授業を見学に来ていたんです。それで「田舎はこういう授業ができていいですね」と言って帰る。ふざけんな、と。都会だろうとどこだろうと、本気でやろうと思えばできるはずで、言い訳しているのはただの逃げだ。それと同じようなものが、是枝さんのなかにもあるんじゃないか。そう言われたんです。痛いところを突かれたなと思いましたね。実際、僕はテレビマンユニオンではいない人みたいな扱いなのに、伊那小に行けば、大歓迎される。僕がどの班と一緒に給食を食べるかを決めるために、みんなでじゃんけんしてくれるんです。

片山　心地よかったんですね。

是枝　東京では、会社に居場所はないし、会社を休んで家でゴロゴロしていると、母親の無言の圧力を感じるんですね。「父親と同じようになるんじゃないか……」っていう

不安が伝わってくるというか。正直なところ、その圧も自主制作を始めた理由の一つです。そんな居場所のない状況のなか、伊那小では、ああ俺、ここにいていいんだなって思えた。最初は放送のめどもたっていなかったので、完全に癒やされに行ってる状況だったんですよね。

片山　そこを百瀬先生に指摘された。

是枝　そうですね。無事に放送できて、仕事として全うしたので結果的には良かったんですけど。じゃあその先、自分は東京でどういう対象と向き合うべきなのかということをちゃんと考えなくちゃいけないなと真剣に考えるきっかけにもなりました。

片山　百瀬先生は是枝さんの先生でもあったわけですね。そういうことって、なかなか言ってくれないじゃないですか。

是枝　はい。感謝しています。久しぶりにお会いしたとき、百瀬先生は「俺そんなこと言ったかな?」と笑っていましたけど。

片山　この百瀬先生の教育は、美大でこそやらなきゃいけないような気もしています。素晴らしい作品なので、ぜひみんなに観てほしいですね。

ノンフィクションとフィクションが融合していくとき

片山　是枝監督と初めてお会いしたときに伺った、ドキュメンタリーの定義がとても意外だったんです。僕はドキュメンタリーって、フィクションと違って、ありのままを写し取ることだと思っていたんですね。ありのまま、嘘のない世界を描くというか。でもそうではない、と。

是枝　カメラを構えた時点で、フレーミング自体が演出というか虚構なんですよ。フレーム外のいろんなものを排除できるから。それに、撮る側の感情も映ります。さっき話した、主演女優ジュリエッタ・マシーナに対するフェリーニ監督の愛情みたいなものって、劇映画だろうがドキュメンタリーだろうが変わらないので。むしろドキュメンタリーは撮っている側と撮られてる側の関係しか撮ることができない、もしくはその関係性に根ざしたものを撮っていくものです。客観という意味では、フィクションのほうが客観性があるといえる場合もあります。いわゆる「神の目線」を制作者が持ちうる、という非常に傲慢なポジションを受け入れられる人間だけがフィクションをやるべきで、それを倫理的に排除した人間がドキュメンタリーをやる、と、いつからか思うようになりました。スタンスとしてはそのくらい大きく違うんじゃないかと。僕は両方やっているので、行ったり来たりしていますけれど。

片山　撮られる側も、カメラを向けられた瞬間に、なんとなく演じるというか。そこに何らかの意識が働きますよね。素人でも、台本がなくても。

是枝　「カメラがそこにある現実を撮る」っていう言い方をよくします。これは小川紳介[※15]さんというドキュメンタリーのすごく有名な監督も言っていますし、小川さんの作品でカメラをやっているたむらまさきさん[※16]はこう言っていました。カメラを向けたとき、「その人が自分をどう見せたいか、という自己表現の欲求」を撮っていくのがドキュメ

※15　小川紳介（おがわ・しんすけ、1935－1992）東京都出身のドキュメンタリー映画監督。代表作に、新東京国際空港の建設に反対する農民運動を描いた「三里塚シリーズ」（1967－1977）など。

ンタリー。ありのままというのがもしあるとしたら隠れた監視カメラに映る映像のようなものだろうけど、そこには自己表現の欲求がないからドキュメンタリーではない。僕はありのままなんかに興味はない、その人が自分をこう見せたい、こう思ってほしいというものがドキュメンタリーであってフィクションであって、それが美しい、と。

片山　なるほど……。

是枝　僕はそこまで深くドキュメンタリーと向き合っているわけではないから、ドキュメンタリーが持ちうる視座と、フィクションに可能な視座というものがどう違ってどこが同じなのか、両方をやりながら意識しています。ドキュメンタリーが持ちうる視座にとどまったまま、どうやったらフィクションが撮れるか。「神の目線」を排除したなかで、どのようにフィクションが撮り得るのか。ということを、自分なりに探ってきているんじゃないかなと、自分では分析しています。

片山　そして1995年に発表された『幻の光』[※17]で、テレビのドキュメンタリーから、映画の世界にデビューされます。宮本輝さんの同名小説の映画化で、ヴェネツィア国際映画祭の「金のオゼッラ賞」を受賞、初主演となった江角マキコさんは日本アカデミー賞新人俳優賞を獲得しました。

是枝　これは本当にかかわってくれた一流のスタッフの力で持ち上げてもらっているんですよね。今思うと自分の演出は稚拙ですし、好きな映画の切り貼りになってしまっている。反省点が多いです。もちろん当時の自分の全力を出してはいるのですが。

片山　すごく冷めた目線で、自分の作品を捉えられていますね。――ここでみんなに、

※16　たむらまさき（1939－2018）　青森県出身の撮影監督、映画監督。小川紳介氏の率いる小川プロダクション出身。小川監督の「三里塚」シリーズほか、相米慎二監督『ションベン・ライダー』（1983）、河瀬直美監督『萌の朱雀』（1997）などドキュメンタリー、フィクション問わず数多くの映画作品の撮影監督を務めた。

※17　『幻の光』　1995年公開。主演・江角マキコ。夫を原因不明の自殺で失った女性の喪失と再生を描く。ヴェネツィア国際映画祭で金のオゼッラ賞を受賞。原作は1978年に発表された宮本輝の同名小説。

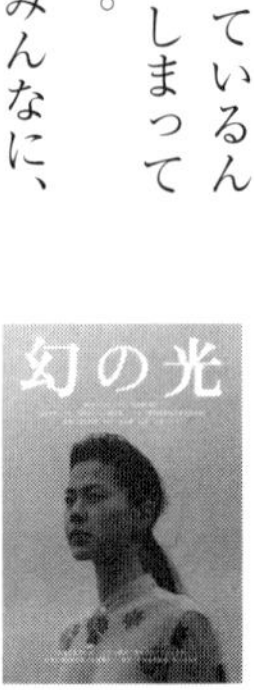

監督の劇場映画2作目となる『ワンダフルライフ』[※18]の予告映像を観てもらいましょう。

（『ワンダフルライフ』の予告映像）

片山　こちらの作品は、22人の死者が、天国に行くまでの7日間で人生のいちばん素敵だと思った時間を選ぶために、それぞれの自分の人生を振り返る、というストーリーです。ファンタジックな設定でありながらドキュメンタリータッチも同居している不思議なお話。原案・脚本・監督、すべてお一人でされているんですよね。登場人物も多く、劇中劇としてそれぞれの人生の映像もあるという大変な作品だと思うのですが、そもそもの発想のきっかけを伺えますか。

是枝　『ワンダフルライフ』はじつは、2度目の出社拒否をしているときに、1時間ドラマ用に書いた脚本が元になっています。それは死者ではなく、死者を迎える施設で働いている人たちを描いたもので、テレビシナリオコンクールに出して奨励賞か何かで賞金20万円もらったんです。自分の書いたもので賞金をもらった、初めての作品ですね。そのまま放置していたんですけど、『幻の光』が興行的にうまくいって2本目も撮れそうだとなったときにふと思い出しまして。その頃は『誰も知らない』[※19]の脚本を書いていたんですが、暗い話でお金が集まらなくて先延ばしになっていたので、じゃあまずは『ワンダフルライフ』を映画用にリライトしてみよう、と思って動き始めました。

片山　俳優さんだけではなく一般の方も起用しているんですよね。ある意味、非常に実

※18『ワンダフルライフ』1998年カナダ、1999年日本公開。主演・ARATA（井浦新）。

※19『誰も知らない』2004年公開。主演の柳楽優弥が2004年度の第57回カンヌ国際映画祭にて史上最年少、さらに日本人初の最優秀男優賞を受賞し、大きな話題となった。

験的な。

是枝　死者たちが人生を振り返るエピソードを並べたとき、ある種の昭和史を形成しようと考えたんです。実際に一人一人のドキュメンタリー映像をつくるような感覚で、まず老人ホームや病院や巣鴨あたりにリサーチ隊を放ちました。リサーチ隊がプレインタビューをした映像を毎週土曜日に集めて、それぞれプレゼンしてもらったんです。「こういうおばあちゃんがいました」「こういう話を聞きました」というように。最初はそれを元に脚本を考えるつもりだったんですけど、その方々のエピソードがあまりにも面白くて、そのまま出演交渉に切り替えることにしました。

片山「あなたの人生でいちばん素敵だった瞬間は」とインタビューしたんですか?

是枝　いえ、「大変失礼な質問なんですが、もしあなたがお亡くなりになったら」とずばり聞いています。「こういう施設があるとしましょう、大切な思い出を一つ選んでくださいと言われたらどんな思い出を選びますか」と。

片山　突然言われて、答えられるんでしょうか。

是枝　ほとんどのおばあちゃんは、スパッと答えが返ってきました。だいたい若い頃の思い出です。おじいちゃんは「まだない」って言う方も多かったですね。面白い差だな、と。

片山　でもみなさん、一般の方とは思えないような、自然な口調なんですよね。緊張している感じもなく。

是枝　きっと自分史で、何度も反芻している話だから、語りがいいんですよね。でもなかには戦争で捕虜になって、解放されて本土に帰ってくるまでが一つの流れになっているおじいちゃんもいて、そのときはインタビュー撮影に1時間半くらいかかりました。途中で止めるのも申し訳なくて。

片山　事前のリサーチ取材はどのくらいの方にインタビューしたんですか。

是枝　６００人以上ですね。７００人近いかな。

片山　膨大な量ですね。

是枝　はい。現場に来てもらった方はそのなかの十数人ですけど、かなり時間をかけてやりました。

片山　ファンタジーとドキュメンタリーが同居したような実験的な作品だと思うのですが、興行的な意味で反対意見などはなかったんですか。

是枝　これは僕がプロデューサーなので。『幻の光』を撮ったあと、新人監督の助成ということで東京国際映画祭から次回作に２０００万円くらいの援助をもらえたんです。それから相米慎二[※20]監督のプロデューサーをされていた安田匡裕[※21]さんが入ってくださって、安田さんの会社のエンジンフィルムと、それからテレビマンユニオンの出資でなんとか1億を集めてＧＯしました。

片山　映画制作で1億というとかなり少なく感じますね。

是枝　役者さんもまだ当時は新人でしたし。でもそうですね、フィルムで撮ったわりに低コストでつくっています。それでも興行的にはかなりの赤字でした。リメイク権が売れたのでなんとか黒字になりましたけど。そういう綱渡りの連続でやってきているので、振り返ると、自分のキャリアはどこで終わっていたとしてもおかしくないいんですよ。

※20　相米慎二（そうまい・しんじ、１９４８−２００１）　岩手県出身の映画監督。代表作に『セーラー服と機関銃』（１９８１）、『ションベン・ライダー』（１９８３）、『台風クラブ』（１９８５）など。

※21　安田匡裕（やすだ・まさひろ、１９４３−２００９）　兵庫県出身、映画・CMプロデューサー、ディレクター。１９８７年にテレビCM制作を中心とする株式会社エンジンフィルムを設立。親交のあった相米慎二監督『東京上空いらっしゃいませ』で初の映画企画・プロデュース。１９９９年是枝監督『ワンダフルライフ』をプロデュース。以降『誰も知らない』『歩いても　歩いても』『空気人形』のプロデュースを手がけた。

片山　お金が集まらないという怖さがありつつ映画を撮るって、強靭な精神力がないとできないのではないかと思います。不安になったりはしませんか。あるいは、何かが監督を支えているのでしょうか。

是枝　わりとそのあたりは楽天的なんです。なんとかなるんじゃないかって思っている。

片山　たしかにそういう気持ちはすごく大事だと思うんですけど。それにしても……。

是枝　それこそ第1作の『幻の光』は、制作費1億強なんですけど、集まったお金はテレビマンユニオンが出資してくれた5000万だけでした。残りは自分で何とかしろって言われたけど、映画ができあがってもほかに出資者はいなかったんです。

片山　え。となると、持ち出しですよね？

是枝　持ち出しです。プロデューサーは胃が痛くなる状況だったと思います。でも僕は、何とかなるだろうって思っていました。試写会を始めたら配給会社が手を挙げてくれるんじゃないかと。でもそんな都合のいい話はなく、5000万円の借金がある状態で公開になってしまった。これね、今だと、どれだけ切実に危険な状況なのかわかります。二度と映画が撮れなくなってもおかしくない。でも当時はその怖さもわかっていないんですよ、経験がなさすぎて。なんとか興行収入が入ったから良かったけれど、今だったらやらないですね。僕もプロデューサーも。

片山　僕も勤めていた会社をやめて26歳で自分の会社をつくったんですけど、今だったら怖くて絶対やらないですよ。知らないからできることって結構ありますよね。若いときは特にそういう無鉄砲さも大事だと思います。なんとかするしかないっていうところに追い込む効果はありますから。

是枝　でも僕、基本的にはずっとそんな感じですよ。本当に綱渡り。興行とプロデュース体制が安定してペースをあげて撮れるようになったのはここ5年の話です。『ワンダフルライフ』だって国内興行だけを考えたら、制作費・宣伝費の50パーセントも回収できていません。たまたま公開当時が日本映画バブル期で、アメリカで公開が始まったときにニューヨークタイムズですごくいい映画評が出て興行がうまくいって、リメイク権の争奪戦により値が上がって、だからなんとか回収できたんです。リメイク権が高く売れなかったら大きな赤字が残って、次につながらなかったと思います。

片山　映画の神様がついているとしか思えないですね。

演技をしたことのない子どもと、台本を読まない女優と

片山　『誰も知らない』は2004年公開ですが、脚本は、ずいぶん前から執筆されていたと伺いました。

是枝　脚本自体は1989年、ドキュメンタリーを撮る前から書いていました。当時ディレクターズ・カンパニーという、憧れの監督たちが集まった集団があったんです。長谷川和彦さん[※22]や相米慎二さんもいらして。『誰も知らない』の原案はそこのプロデューサーに持ち込んで見てもらったりもしていたんです。ずっとタイミングを図っていたんですが、映像化はなかなか実現が叶いませんでしたね。企画を預けたプロデューサーがいな

※22　長谷川和彦（はせがわ・かずひこ、1946－）広島県出身の映画監督。1982年、大森一樹、相米慎二、高橋伴明、根岸吉太郎、池田敏春、井筒和幸、黒沢清、石井聰亙ら若手監督9人による企画・制作会社「ディレクターズ・カンパニー」を設立、代表として取締役に就任した。ディレクターズ・カンパニーは積極的にメディア出演なども行い注目を集めたが倒産。監督作品は現時点で『青春の殺人者』『太陽を盗んだ男』の2本のみだが、非常に高い評価と人気を得ている。

知らない
ody Kno
YOU

くなっちゃったり、会社が潰れちゃったり、うまくいかなかったんですよ。結局具体的にスタートしたのは2002年くらい。先ほども名前の出たエンジンフィルムの安田さんと始めました。

片山　この作品は、実在の事件を元にされているんですよね。シングルマザーのお母さんと、全員父親の違う子ども4人が暮らしていて、子どもたちは出生届を出されていないから戸籍もなくて学校にも通っていない。お母さんはしょっちゅう子どもたちを置いていなくなってしまって、お金も食べ物もないまま、子どもだけで放置される日もある。そんなある日、事故で妹が亡くなってしまって……という、かなり出口のないお話です。

是枝　実在の事件とは設定も家族構成も変えているんですけど、脚本を書こうと思ったきっかけは、長男が亡くなった妹をスーツケースに入れて、西武新宿線のレッドアロー号に乗って西武秩父に行った、というニュースを見聞きしたときでした。僕は西武池袋線沿線の生活が長かったですし、清瀬で育っているので、12歳の少年のレッドアロー号への憧れみたいなものが直感的にわかった気がしたんです。ニュースでは警察は、妹の発覚を怖れて証拠隠滅のために山に行った、と捉えていたけれど、それは違う、と思ったんですね。

片山　子どもを置き去りにしたという意味ではひどい母親なんだけど、YOUさん演じるこのお母さんはすごく明るくて、子どもたちも慕っているんですよね。わかりやすく虐待していたとかではなくて。子どもたちもしっかりしていて、良い子だし。

是枝　お兄ちゃんに関しては、残っている事件の資料から類推してキャラクターをつくっていますが、子どもの頃の自分を重ねている部分も大きいと思います。最初に書いた脚本はもっと彼の内部に寄り添う描き方で、タイトルも違いました。母親もね。実際の事件は、週刊誌やワイドショーでひどいバッシングでした。鬼のような母親と、子どもたちの地獄の日々、というようなトーンが主流だったんじゃないかな。もちろん映画で描いたものとは違う、つらい日々や経験はあると思います。ただこの事件の背景には、この母親と子どもを捨てた男が4人いるんですね。彼らは表に出てこないから、バッシングの対象にもならない。メディアはいつだって悪者探しをして、叩いて安心するのだけど、そういう枠にはまらない視点にしたいとは思っていました。

片山　わかるような気がします。

是枝　彼らが大人のいない世界で何を守ろうとして何を失っていくのか。ある種の喪失を経験したあと、子どもがどういう心理的な段階に進むのか。母親がいなくなったあとで、彼らのなかの希望や信頼、未来が、少しずつ失われていく。本当は何も変わっていないのだけど、ある種、幸せに見えていた空間が失われていく。そういうプロセスを、映画のなかで描きたかったのだと思います。

片山　子どもたちには台本を見せず、口頭でセリフを伝えるというやり方で撮影されたとか。それはポピュラーなやり方なんですか？

是枝　ポピュラーではないですけど、僕だけがやっているわけでもないです。演技経験のない子たちですから、当たり前だけどセリフを読むのが下手だったんです。それで試行錯誤のなか、撮影当日の朝に「じゃーん」ってセリフを発表して、ゲーム感覚で子どもたちのモチベーションを上げ、あとは現場勝負、というやり方に決めました。そのやり方が見えたところで、母親役のYOUさんに声をかけたんですよ。

片山　僕は子どもたちより先にYOUさんが決まっていたのかと思っていました、あまりにハマり役だったので。

是枝　あとなんです。子どもたちがなじめそうで、かつ、即興的な演技に対応できる。そういうことを現場で全部やってくれそうな人がいいな、と思って探していたら、たまたま見ていた深夜のバラエティー番組にYOUさんが出ていらして。非常に頭の回転が速い方だなと思って、翌日すぐに事務所に電話してお会いしました。

片山　適応力というか。

是枝　反射神経ですよね。それがずば抜けていた。お会いしたら「セリフは覚えたくない」と言われたんですね。「子どもたちにも台本を渡しません」と説明して、「それならできるかもしれない」とOKをもらいました。だからYOUさんも台本は渡していないんです。でも最後までそれでやり切ってくれて。目の前に子どもがいる即興的な形でも、むしろ演出家的にふるまってくれたので、非常にいい関係でできました。

片山　YOUさんは次の『歩いても　歩いても』[※23]にも出演されていますが、こちらも台本なしなんですか？

是枝　「『歩いても　歩いても』は、ほかの俳優さんたちがいるので『誰も知らない』と同じようにはいかないと思います」と言って台本を渡したんですけど、全く読んでいなかったですね。全く。みんなセリフが入っているのに、本番直前まで全く読まず、何の

※23『歩いても　歩いても』　2008年公開。主演・阿部寛。成人して家を離れた子どもたちと、老いた両親が共に過ごす夏の1日を描いたホームドラマ。

線も引いていないようなきれいな台本のままでした。

片山　その状態だと、NGというのは……？

是枝　ところが、NGがないんですよ。台本と全く違うセリフだったりするんだけど、大丈夫なんです。びっくりしました。

片山　すごいですね。演技をしたことのない子どもと、台本を読まない女優と。猛獣使いのような……。小学校低学年のときから先生の代理をやっていた手腕というか。

是枝　あと僕、高校のときにバレーボール部でセッターをやっていたから。5人のアタッカーをどう使うかっていうことをつねに考えていたので、5人までは大丈夫なんです（笑）。でもそれを超えると別の演出家が現場に必要になってくるんですよね。

撮影中は自分のイメージを裏切られるのが楽しい

片山　次は『そして父になる』[※24]のお話を伺いましょう。第66回カンヌ国際映画祭審査員賞受賞という、国際的に評価された作品ですが、今回、絵コンテを見せてもらったんです。一部、スライドで見せてもらいましょう。（スライドを見ながら）ね、すごいでしょう。量も書き込みの内容も。

是枝　美大で見せるような絵コンテじゃないですけど（笑）。

片山　印象としてかわいらしいんですよね。手書きの文字も優しい感じで。映画のシーンそのままのところもあれば、がらっと変わったところもありますが。例えば、今映っ

※24『そして父になる』2013年公開。主演・福山雅治。子どもの取り違えという事件に遭遇した、環境の異なる2組の家族を通して、家族の愛や絆を描く。第66回カンヌ国際映画祭審査員賞受賞。カンヌでの公式上映後に約10分間のスタンディングオベーションが起こったという逸話がある。

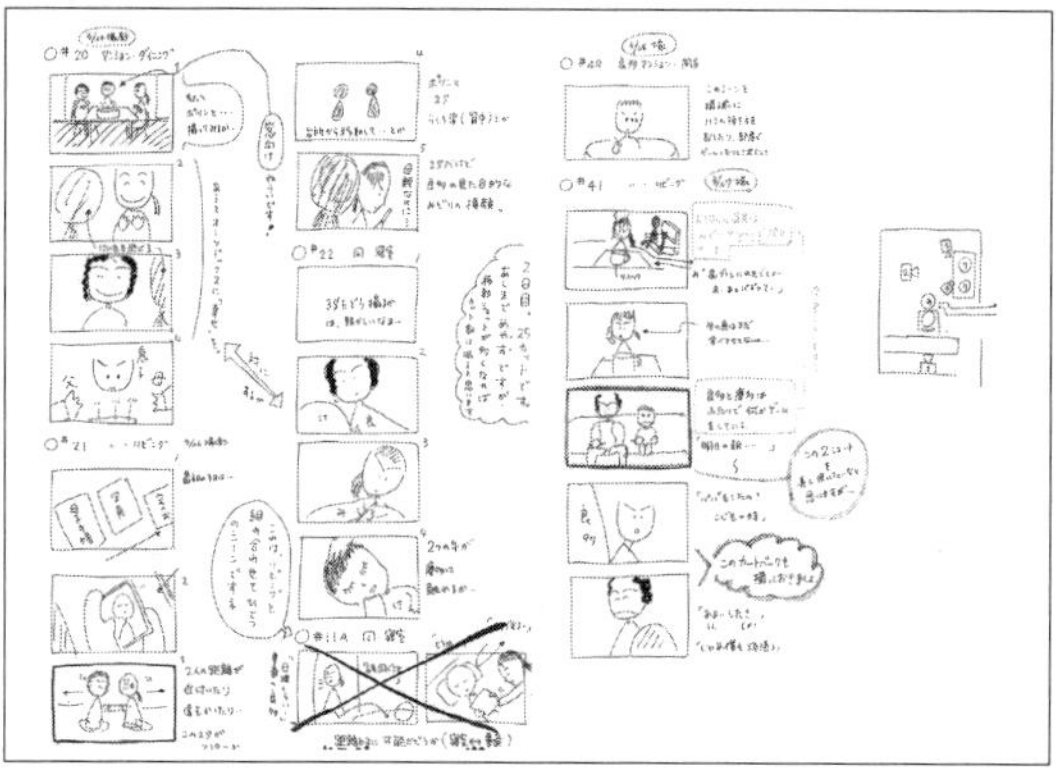

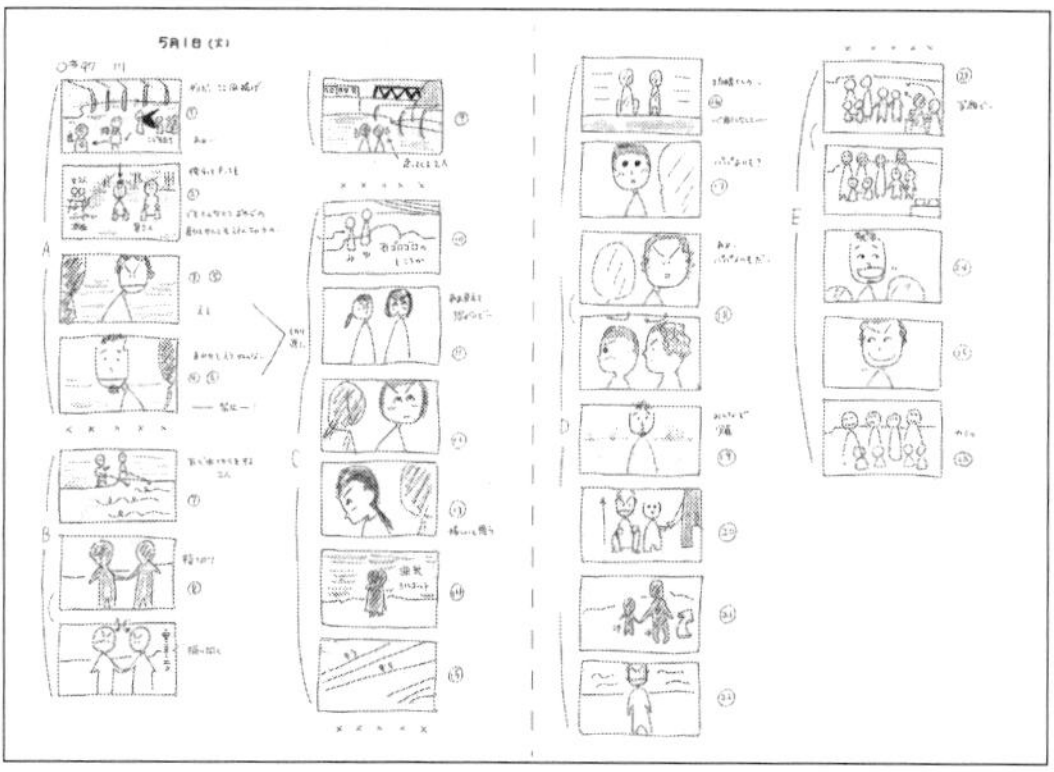

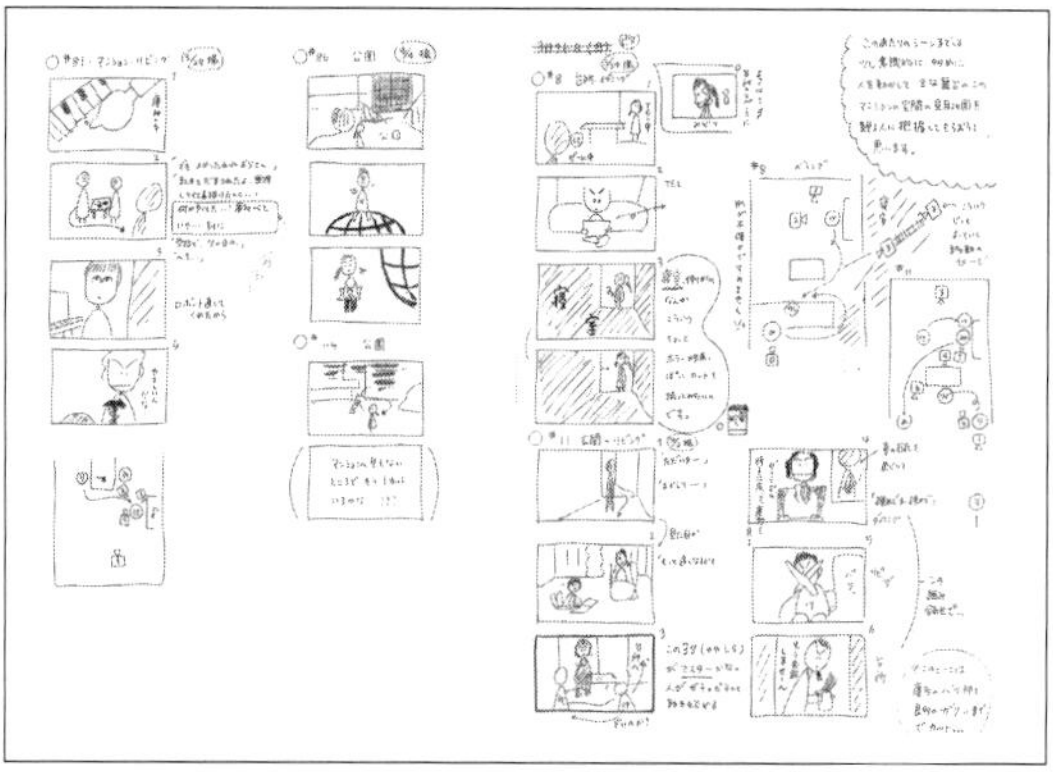

ているのは河原のバーベキューのシーンの絵コンテですが、カメラの位置とか、キャストの動きとか、すごく細かく描かれていますよね。それと、驚いたのが手紙。お借りした絵コンテのなかにたくさん、スタッフに宛てた手紙が入っているんです。先ほど許可をもらったある日の手紙を、ここで読ませてもらいますね。

是枝　全部読むんですか？

片山　全部読みます。ではいきます。

「こんばんは。是枝です。各パートにご迷惑をおかけすることを知りつつ、脚本直しをさせていただきました。すみません。ただ、念のためにお断りしておくと、迷ってこうなっているわけではありません。甘えはあるのですが、それは承知してるのですが、こんなふうに、役者のお芝居を撮影しながら、同時並行でいろんなことを発見し、それを脚本に反映できるなんて、なんてぜいたくな映画づくりだろうと思っています。ありがとうございます。もちろんこれは、キャストのみなさんのお芝居が大変大変素晴らしいので、可能になっていることが大きな原因の一つです。欲が出ています。信頼して任せていただいてありがとうございます。感謝しています。」

というふうに、まずすごく感謝を述べられているんですね。それから少し飛ばして、とあるシーンに関して書かれているところを読みます。

「特にシーン88、97はまだまだです。これは明日からの雄大家での撮影を進めながらもう少し考えさせて下さい。すみません甘えていて……。2組の家族の形が具体的に見えてきて、映画の全体像もその輪郭がクリアになってきました。良多がふたりの子どものなかにそれぞれ自分を見い出していく。そのことで周囲の人間たちとの関係を少しだけど変化させていく。自分のダメさとの向き合い方も変わっていく。それを成長と呼ぶかはともかくとして、そんな着地点が今回の直しで明確になったかな、と思っています。ご意見、お待ちしています。まだ、ねばりますよ。上を目指して。4月11日　是枝裕和」

すごいですよね。こうしてかなり、修正をされていくっていう。

是枝　そうですね、この頃は、ほぼ撮影最終日まで脚本を直していました。

片山　最終日まで。監督は原案・脚本・編集・監督、全部ご自分でされています。撮影したその日のうちに編集作業をして、そこで確認して、脚本を変えていくということですよね。

是枝　もともと一つのシーンをいろいろなカットの組み合わせでつくる――いわゆる「カット割り」のような手法がよくわからなくて、あとから編集作業をして取りこぼしがあるのがすごく嫌だったんです。それでその日のうちに編集作業をして、足りないシーンを翌日の頭に追加で撮らせてもらうようにしたんです。翌日なら、美術もまだバラしていないので。それと、脚本、撮影、編集を順番にこなしていくやり方がいまいちしっくりこなかったっていうのもあります。全部自分でやるなら、そのサイクルを同時進行で進めていって、それぞれリンクして有機的につながっていくようなやり方のほうがいいのではと。最近は体力が続かなくなってきているので、編集は助監督の方に粗つなぎをしてもらって、それを確認しながら脚本を調整するようにしていますけれど。その際かなり大きな変更が生じた場合に、こうした手紙を書いて渡しています。

片山　感動したんですよ。こんなふうにきちんと説明して、撮り直したいという意思をストレートに伝えるなんて。3歩進んで2歩下がるっていう歌を思い出しました。すごく丁寧に、誠実に向き合われているんだなと。

是枝　無駄が多いですよね。でもこうして手紙を書いていたら、リリー・フランキーさんや真木よう子さんが意見を言ってくれるようになりました。ここは前の台本のほうが良かったんじゃないか、とか。それで元に戻したり、さらに変えたシーンも結構あるので、やって良かったです。

片山　ご著書の『映画を撮りながら考えたこと』※25のなかで、自分のイメージを裏切られるのが楽しい、というお話もされていましたよね。ドキュメンタリーに関してのお話だったと思いますが、それはフィクションに関してもいえることでしょうか。

是枝　役者が自分の思い通りに動かなかったときに、違うからといって却下するか、ポジティブに受け入れて組み立て直すかは、大きく違うスタンスですよね。どちらもあっていいと思うんです。思い通りになるまで待つ、あるいは俳優をそこにはめていくことで作品世界を構築していくタイプの演出もあると思います。でも僕は後者で、組み立て直すことで自分の頭のなかから、新しい何か違うものが出てくるんじゃないかと思うからです。単純に、そのほうが撮っていてわくわくしますし。カメラも演出も、現場で起きたことに対するリアクションとして存在するほうが自分に合ってる。それは『ワンダフルライフ』や『誰も知らない』を撮りながらわかったことで、今もずっとベースになっています。

※25『映画を撮りながら考えたこと』２０１６年にミシマ社より刊行された是枝監督のエッセイ集。

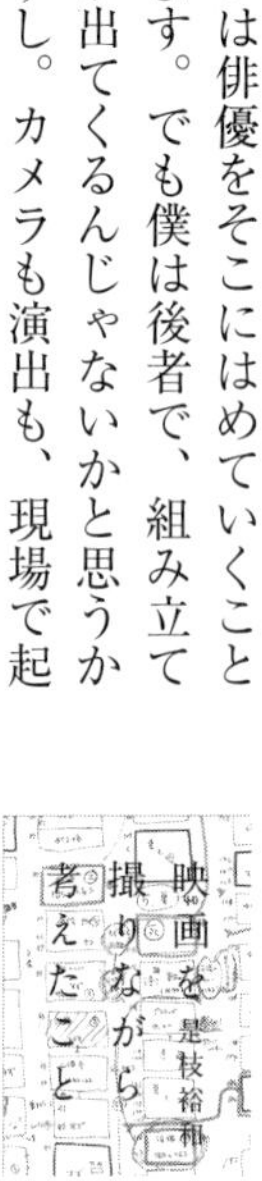

監督としてホームドラマを撮り続けていく意味

片山　『海街diary』[※26]は初めてのマンガ原作の映像ですね。吉田秋生さんの作品で、マンガがまだ完結していないタイミングでした。

是枝　とても原作が好きで、最初はテレビの連続ドラマ企画で考えたんです。ただその頃はほかの監督が原作権を押さえていたので、頓挫したんですね。でもいつかやりたいという気持ちはずっと持っていて。原作権が空いたという連絡が来たので、映画で第一稿を書きました。最初は原作にあるエピソードだけで、配列を変えて映像にしようと思っていたんです。でもそうするとどうしても「ダイアリー」なので、2時間の映画としては散漫な印象になってしまう。原作はそこも魅力のひとつなのですが、思い切って変えていこうと覚悟を決めて、吉田さんに直接お会いして、原作にないシーンをつくる許可をいただきました。それで自分のなかで、四姉妹がどういうふうに、季節を乗り越えていくかを考える作業からは、通常のやり方で行きました。

片山　こちらの作品は、ムサビの卒業生でもある森本千絵さん[※27]がアートディレクターで参加されているんですよね。ここにいる学生にとっても非常に夢のある話だと思うんです。是枝さんは何度もお仕事をされていますけれど、森本さんのアートディレクションの魅力はどういうところにありますか。

是枝　まず森本さん自身が、人間としてすごく魅力的なんですよね。太陽みたいな、ひ

※26『海街diary』2015年公開。主演・綾瀬はるか、長澤まさみ、夏帆、広瀬すず。原作は2006年から2018年まで『月刊フラワーズ』に不定期連載された吉田秋生の同名漫画。第39回日本アカデミー賞最優秀作品賞受賞。

※27　森本千絵（もりもと・ちえ、1976－）青森県生まれ、東京育ちのアートディレクター、コミュニケーションディレクター。goen°主宰。武蔵野美術大学視覚伝達デザイン学科客員教授。

まわりみたいな人。かなり暴力的に、自分の作品世界にまわりを巻き込んでいく力を持っている。そういう意味では悪魔のような側面もあるんですけど。じつは一時期偶然に、同じマンションの上階と下階に住んでいたことがあります。それでたまたまエントランスでばったり会って「はじめまして」と挨拶して、試写状を渡したんです。それから郵便受けを使って文通して（笑）、その流れで『空気人形』[※28]のアートワークをオファーしたという流れです。この『海街diary』も、最初から宣伝美術を森本さんにお願いしようと決めていました。

片山　是枝さんも森本さんもやり方は違えど、まわりを巻き込む不思議な力を持っていますね。

是枝　着地するところは一緒ですね。まわりが大変なのは同じかもしれない。「北風と太陽」みたいなもので。最終的に上着を脱いでもらうことが目的なんですけど、脱がされたと感じるか、暑くなって自分で脱いだと感じるかの違いです。

片山　監督は照りつけるほうですね？

是枝　はい。自分から脱いだと思わせる、ずるいことをするほうです（笑）。

片山　ふふ。『そして父になる』『海街diary』のあと、ぐっと渋い作品を撮られます。『海よりもまだ深く』[※29]。こちらはかなり自伝的な要素が盛り込まれていて、是枝監督が住んでいた団地が舞台になっているんですよね。

是枝　同じ団地の同じ間取りの部屋なんですよ。自伝ではありませんが、エピソードのディテールはかなり自分の記憶を探り、主人公だけでなくいろいろなところにちりばめ

※28『空気人形』2009年公開。主演・ペ・ドゥナ、ARATA。心を持った空気人形と人間との交流を描く。原作は『ビッグコミックオリジナル』1998年から2002年まで連載された業田良家の『ゴーダ哲学堂 空気人形』。

※29『海よりもまだ深く』2016年公開。主演・阿部寛。売れない作家である主人公と、団地に一人住まいの母親、別れた元妻とその息子の交流を描く。キャッ

ています。

片山　なんというか、大きな事件は何も起こらないと言っていいと思うんですね。でも是枝さんの中心にある世界が描かれている。

是枝　自分の内側を見つめて出すと、こうなるっていう映画ですね。だからこれ映画として出してはいますけど、多分いちばん、自分の匂いやテレビの出自が色濃く出ているホームドラマだと思います。

片山　失礼な言い方になるかもしれないんですが、地味ですよね。

是枝　はい、すごく地味です（笑）。

片山　『そして父になる』『海街 diary』というヒットがあって、僕だったら、もっとヒット狙いというか、派手に行くぞ！という方向に考えが行く気がするんです。もちろん素晴らしい作品なんですけど、なぜこのタイミングにあえて内側に入っていったのかなと思って。

是枝　へそ曲がりなので。むしろ、2本ヒット……と言えるほどではないですけど、自分が撮ってきたもののなかでは、それなりの興行収入を得られた作品が続いたので「今なら地味な企画も通るだろう」と思ったんです。むしろこのタイミングでなければできないと思って、やりたいようにやりました。

片山　A面B面というか。どちらも監督がバランスをとるのに必要なものなんでしょうか。

是枝　バランス……そうですね。あとはホームドラマというスタイルが、自分の戻って

チコピーは「夢見た未来とちがう今を生きる、元家族の物語」。

くる場所としてひとつあるように思います。『歩いても 歩いても』を40代で撮って、続編というわけではないんですが、自分に子どもができて50代になって、もう一度、阿部寛さんと樹木希林さんを撮りたいという気持ちがあったんですね。60代でまたチャレンジできればお願いしたいですけれど。ホームドラマを撮ることは、人間として、そして監督としての、成長や老いを確認する必要な作品だと思っています。A面B面という話で言うならば、アルバムのなかに入っていて、シングルカットはしないけれど自分では好きな曲……というような位置づけです。それをシングルカットして出しちゃったから、配給は大変だったと思います。

片山　部屋の風景や、食卓の描き方、そして樹木希林さんの演技は、是枝監督のお母さんがきっとこんな方だったのではないか……と本当に思ってしまうくらいリアルで。監督が実際にお住まいだった場所で撮られたという点でも、非常に貴重な映像だと思います。

そして今年発表された最新作『三度目の殺人』。まだ上映している映画館もありますから、観ていない人はぜひ観てほしいです。これも予告映像を見ましょう。

（『三度目の殺人』予告映像が流れる）

前科のある人間を雇っている食品加工工場の経営者が殺されます。その加害者役として登場するのが役所広司さん。彼の弁護人役として登場するのが福山雅治さん。今まで

になかったタイプの法廷もので、こちらもかなり淡々と進むイメージなんですよね。
是枝　地味ですみません（笑）。
片山　いえ、いい意味で言ってます。余韻がすごくて、家に帰ってもずっといろいろ考えてしまうような。ちょっとネタバレになってしまうんですが、真犯人は最後までわからない。観た人に委ねられる感じです。登場人物の全員が、ストーリーが進むごとに、いい人にも悪い人にも見えるような……。
是枝　はい。そうですね。
片山　そしてびっくりしたんですけど、是枝監督ご自身も、真犯人を決めずに撮られたとか。テレビでそんなお話をされていて、かなり驚きました。
是枝　決めていないっていうと言いすぎかもしれないですけど。当たり前ですけど、現実の世界では弁護士も検察官も裁判官も、犯人は誰か知らないんですよ。
片山　そうですよね。真実を知っているのは本人だけ……。
是枝　事実として明らかになってることを繋ぎ合わせて、そこから自分たちが納得できるであろう物語、自分に理解できる物語にしていくという作業をみんながしている、というだけの話です。だから誰が殺しているかどうかは、知る必要はないというか。
片山　重要ではない？
是枝　そこを探っていく話ではないんですね。というか、探してもわからない。そしてわからないのに結論は出る怖さを提示したかったんです。私たちが日頃、真実だと思っているモノやコトがいかにあやふやなものか。そのことにたぶん、映画の最後、弁護士は気づく。同時に、観客も気づく。そこに気づきがあれば、犯人が誰かということが解き明かされなくてもエンターテインメントになるのだ、と言い張ってつくりました。

片山　エンターテインメントというテーマが監督のなかにあるんですね。今、少し意外でした。

是枝　これだけのキャストを集めて、僕の作品のなかではかなり予算も使っていますから。エンターテインメントですってプロデューサーにはずっと言っていましたし、今も言っています。

片山　このキャスティングでこの内容という、ちょっとギャップを感じるところも非常に良い効果になっていると僕は観ていて思いました。次回作はもう、着手されているんですか？

是枝　かなり前から準備をしているものを1本抱えています。今日も午前中はオーディションをしていたんですよ。

片山　公開の予定は？

是枝　再来年……かな。

片山　内容はまだ聞けないですよね？

是枝　そうですね。傾向としては『誰も知らない』に近いかもしれない。

片山　楽しみです。本当に全作品、是枝さんというフィルターがありながらも全然違う切り口で、何度も観返したくなるんですよね。

一本一本、新しい手法を取り入れて進んでいく

片山　ここからは質問タイムにいきたいと思います。質問のある人、手を挙げて。監督、指名していただけますか。

是枝　僕が当てるんですか。じゃあ、グレーのふわふわした生地の服を着た彼女に。

学生A　ずっと作品を拝見していて、すごくファンだったので嬉しいです。質問は作品の題名についてです。題名がいつも、観終わったあとにハッとするっていうか、心に沁みるんですけれど、どんなタイミングで、どんなふうに決めているのでしょうか。

片山　いい質問だね。僕も知りたいです。

是枝　題名。いろいろなパターンがありますね。自分で決めるものもあれば、スタッフに募集をかけることもあります。僕も観終わったあとに意味がわかるようなタイトルが好きなんですけれど、最近の風潮では、それは駄目だって言われるんです。観る前に内容が想像できるものじゃないとって。そこの折り合いをつけるのが、いま結構、難しいです。

片山　いちばん苦労したタイトルってありますか。

是枝　『そして父になる』は時間がかかりました。いろいろな仮タイトルを考えて決まらなくて……撮っている間は『ライク・ファーザー・ライク・サン』と呼んでいました。それはインターナショナルタイトルになりましたね。途中まで自分で気に入っていたの

は、『サイアー・ライン』。馬の血統をいうときに使う「血筋」を意味する英語なんですけど。それは父馬の血のことで。映像で、螺旋と高架の電線を印象的に撮ろうと思っていたイメージとも合うと思ったんですけどね。でも、よくわからない、ミニシアターぽいって言われて反対されました。それでまた悩んで、ポスター用の写真ができたタイミングで、プロデューサーが『そして父になる』を出しました。これは僕からは出なかったタイトルだし、タイトルとしてはもちろん、観終わったあとにもある種の気づきがある強いタイトルだと思って、そのアイディアをもらいました。自分で決めるということにはこだわらずに。でも『三度目の殺人』は、最初からこれで行く、って決めていました。

片山　『三度目の殺人』はほんと、あとからじわじわきました。

配給もプロデューサーもあまり気に入っていなかったけれど。

是枝　あとそうだな……。『誰も知らない』は最初『大人になったら僕は』っていうタイトルで脚本を書いていました。でも15年経っていざ映画にすることになって、そのタイトルで40歳を間近にした自分がこの作品を撮るのはふさわしくないなと思って。もう少しまわりにいる大人の目線にして、客観的に描こうと作品の視座が変わったとき、作品のタイトルも伴って変わりました。『歩いても 歩いても』や『海よりもまだ深く』は映画のなかで印象的に使っている曲の歌詞から取っているから、それも最初からだいたい決まっているかな。

学生A　すごく参考になりました。ありがとうございました。

片山　では次の質問いきましょう。

是枝　じゃあ後ろのほうの、黒い服の女性。

学生B　素晴らしいお話をありがとうございました。今、曲のお話をされましたが、是枝監督の作品は音楽もとても印象に残るんです。監督が映像をイメージしていくとき、音楽はつねに流れているのでしょうか、それともあとからついてくるのか、そういうところを伺いたいです。

是枝　音楽ですか。そんなに詳しくもないですし得意ではないんですが。なんだろう。パッと決めちゃうかな。例えば『そして父になる』は、さっきお話しした高架の鉄塔の電線を撮ったときに、「あ、ここにピアノの音が入る」と直感的に思ったんです。音符を線に一つ一つ置くような感覚でピアノを入れたい、って。でもクラシック詳しくないから、ひとまず有名なグレン・グールドのアルバムを聴きながら脚本を書いてみたんです。そうしたらもう、頭から離れなくなっちゃって。それでグールドを使いたいって無理を承知でお願いしてみたら、許可が出ちゃったので、そのまま使っています。

片山　脚本を書くときにはＢＧＭがあるんですね。

是枝　その作品にもよりますが。『海街diary』は四姉妹だったので弦楽四重奏にしようと思って、いろいろな弦楽四重奏をかけながら脚本を書いていきました。でも結果的にはかけていた曲は使わずに、そのイメージを伝えて菅野よう子さんにお願いしました。

片山　菅野よう子さんはどのように出会われたんですか。

是枝　これは面白い出会いでした。夏、すごく暑い日の撮影中、フィルムのカメラを庭に出していたら、温度が上がって回らなくなっちゃったんです。替えのカメラが来るまで3時間くらい空くから、何しようかってことになって。それまで撮った映像がたままパソコンに入っていたので、春に撮影したものをみんなで観たんです。そしたら長澤まさみさんが「菅野よう子さんが合うような気がする」って言ってくれて、その場でYouTubeに上がっていた菅野さんの音を、映像にあててみたんですね。そしたらとても良くて、そのままお願いすることになりました。そんな決め方もあります。

学生B　わかりました。貴重なお話ありがとうございます。

是枝　あとは、自分の好きなミュージシャンと一緒に仕事したくて声をかけることももちろんあります。そこは役得です。

片山　いろんなパターンがあるのですね。では次にいきましょう。

是枝　じゃあ、そこのまっすぐ手を挙げてる男性に。

学生C　カメラワークについての質問です。フィックス[※30]で撮るところと、スライダー[※31]を使っているところがあると思うんですが、どういうふうに使い分けをされているのかをお聞きしたいです。

是枝　これは難しい質問ですね。作品によって違うんですよ。基本はフィックスが好きなんですけど……組むカメラマンによっても違うし。どれかに絞ったほうが話しやすいな。どの作品がいいですか。

学生C　『そして父になる』が、カットが変わっても連続で、ひたすらヌーンって動いているのが、気になって。

是枝　ちょっと動きすぎた？（笑）

※30　フィックス（fix）カメラと画像を固定したままで撮影すること。固定撮影。

※31　スライダー（slider）移動する被写体に合わせカメラも一緒に動きながら撮影する方法の一つ。

学生C　いえ、ちょうどビデオの授業で、無駄な動きはするなって言われたばかりだったので。どういうふうにそこは、考えられているのかなって。感覚なんでしょうか。

是枝　僕もカメラワークを見せるためだけに動いているようなカメラって好きではないです。やはり対象の動きに合わせて動くというのが、ドキュメンタリーだと基本だし、劇映画でもそういう動きをするのが好きなのね。あと、自分ではカメラの動かし方がわからなかったから、ずっとフィックスが好きだって言っているんだけど。でも何かの本を読んだときに、カメラを動かせないのは逃げであってダメだって書いてあったんだよね。それで気にはなっていて。

その後、『空気人形』という映画でリー・ピンビン[※32]さんという台湾のカメラマンと組んだとき、基本的に全カット、動いて撮っているんですよ。リーさんは、翻訳した台本を読んで、現場でお芝居を見て、感情がどこからどこへ動くか――会話なり表情なりが、どらちの役者からの感情でスタートして、そのシーンの終わりの感情がどこに行き着くかを見届けて、それをワンカットで捉えるにはどのようにカメラが動けば割らずに撮れるかということを、2008年当時、ずっとやっていたの。最近はまた割るようになっているみたいですけど。そこはもう乗っかっちゃった。そのリーさんの意識に。素晴らしかったと思う。

『そして父になる』と『海街diary』は瀧本幹也[※33]さんという人と組んでるんだけど、瀧本さんはもともとスチールのカメラマンなので、動かないカメラなんですよ、じつは。『空気人形』のときに森本千絵さんがスチールマンとして連れてきてくれて、現場のス

※32 李屏賓（リー・ピンビン、マーク・リー、Mark Lee Ping-Bin、1954－）台湾出身の撮影監督。

※33 瀧本幹也（たきもと・みきや、1974－）愛知県出身の写真家。

チール写真を瀧本さんが撮ってくれた。そしたら非常に一枚の画の切り取り方が強くて、この強さを劇映画に生かしたらすごい映画になるなと思ったんです。

ごめんね、話が長くなっちゃってるけど。

それで声をかけるタイミングをはかりつつ、『そして父になる』で初めて組んだんですね。瀧本さんも当時は全然カット割りというものをやったことがなかったから、ワンシーンをどういうカットで組み立てていくかというよりは、いちばん強いポジションを起点にしていくやり方をしています。初めて組んだから、今見るとちょっと動きすぎたかなと思うところがあることはあるんですけど、それは瀧本さんのせいではなくて、僕の演出と瀧本さんのカメラがちょっとずれたところがあったんですね。でも感情の捕まえ方とカメラワークは素晴らしいなあと思いながら見ていました。さっきの予告映像でいうと、2人の母親が歩いていって最後抱き合うところまでの微妙に顔が見えたり見えなかったりする横移動のカメラワークとか。

『海街diary』は非常に話が地味で古典的な映画でもあるので、フィックスで日本家屋を撮り始めると[※34]小津安二郎的って言われるかなと。それを避けたくて（笑）、意識的に動いていています。

『三度目の殺人』は逆に、強い横移動を禁じ手にしています。縦の動きが多い。フィックスで粘れるところは粘って、あとは少し寄っていくとか、少し上がっていくとか、そういう直線的な動きに限定して、かなり抑制しています。それと『三度目の殺人』は初めてシネスコという横長の画面を使ったので、そこも踏まえて、カメラワークやアング

※34　小津安二郎（おづ・やすじろう、1903－1963）東京都出身の映画監督。「小津調」と呼ばれる独特の映像表現が特徴。同じスタッフ、同じキャスト、同じテーマで複数の作品を制作。

ルを一つ一つ検証しながら撮っていきました。

片山 各作品で、違う挑戦をされているんですね。

是枝 そうですね。わりと一本一本、新しい実験をしているつもりです。

学生C 勉強になりました。ありがとうございます。

是枝 すごく長い回答になっちゃった、すみません。

片山 とんでもないです、詳しくありがとうございます。では、最後の質問を。

是枝 じゃあ最前列の、赤い服の女性。

学生D お話ありがとうございました。先ほどのお話のなかで、監督は撮影後に毎日、編集作業をされるというお話があったんですけど、それはストーリーの冒頭から、順番に撮られるということですか？　『三度目の殺人』がどういう順序で撮られたのか、すごく気になりました。

片山 たしかに、連続性がないとごっちゃになりそうだよね。

是枝 ……そうですね(笑)。でも厳密に順撮りしているかというとそうでもないんです。遡ることもあるし、まとめ撮りしなくちゃいけない状況もあるんですけど。『三度目の殺人』に関して言うと、例えば法廷のシーンはセットをつくってまとめて撮ります。法廷シーンのなかではもちろん順撮りをします。それから接見室のシーンを7回分、撮ってから、法廷シーンの後半は撮り直しました。基本的には感情の動きが不自然にならないよう、齟齬をきたさないように、スタッフが気を使いながらスケジュールを組んでくれています。

学生D 『海街diary』は季節を追って撮ったということですか。

是枝 『海街diary』は、季節を追ってはいないですね。ええと、どうだったかな。最初に撮ったのは春。それから夏、冬と撮影したんだけど、映画自体はそういう流れではないよね。夏で終わっているから。

学生D じゃあ、最初に、すでに親しくなっている状態を撮ってから、初めて会うシーンを撮ったんですか。

是枝 そうですね。それでも、できる子はできるんだよね。

学生D 子役の人もそうなんですか？ 子どもには台本を渡さなかったというお話がありましたが、例えば『そして父になる』で、福山さんのおうちにすき焼きを子どもが食べにくるシーン、ぎこちない感じがあったほうがいいから、なるべく会わないようにしていたそうですが、ああいう、知らない大人と会うみたいなシーンは気をつけられてますか。

是枝 そのあたりは順撮りしていますね。子どもは感情が出やすいから特に気を使います、やっぱり。といっても「初めまして」でいきなり撮るわけではありませんから、衣装合わせで一緒になる時間をつくって、その様子を観察してセリフに反映させていくこともやります。

学生D わかりました、ありがとうございます。今回の話には出ませんでしたが、ドラマの『ゴーイングマイホーム』[※35]がすごく好きでずっと見ていました。ありがとうございました。

※35 『ゴーイングマイホーム』 2012年10月から12月までフジテレビ系火曜22時枠で放送された連続テレビドラマ。主演・阿部寛、山口智子。都会暮らしのCMプロデューサーが、長野での不思議な出会いから家族関係を見詰め直していくストーリー。是枝監督が初めて民放連続ドラマの監督・脚本を手がけた作品となる。

片山　本当に名作がいっぱいで、全部紹介できないのが残念です。もうかなり時間オーバーなので、みんな、ごめんね。最後に僕から、一つだけ質問をさせてください。是枝さんは、10年後、何をしていると思いますか。あるいは何をしていたいですか。どんなことでもいいです。10年後のイメージを教えてください。

是枝　10年後のイメージ……映画を撮っていますね。

片山　チャレンジしてみたいことってありますか。

是枝　海外で撮りたいという気持ちはずっとあります。でも語学できないんですよね。

片山　もう、海外でも評価されているじゃないですか。

是枝　外国の役者で撮ってみたい気持ちがずっとあるので、実現しているといいなと思います。あとはそうですね、ずっとやりたくてできていない企画がいくつかあるので、それを形にしたいなと。

片山　どんな内容か、さしつかえのない範囲で教えていただけませんか。

是枝　最初に父親の話をしましたが、そういう、戦争にまつわる……日本の現代史にある、日本人がずっと目を逸らしてきている日本人の加害性みたいなものを、エンターテインメントの枠のなかできちんと取り上げたいという思いがあります。なんとか、10年の間には実現したいです。

片山　とても楽しみです。制作にまつわる具体的なお話も聞かせていただけて、学生たちも非常に勉強になったと思います。ありがとうございました！

是枝裕和先輩が教えてくれた、「仕事」の「ルール」をつくるためのヒント！

□面白くないものを面白いとは言えない。そうすると飲み会も誘われなくなって。結果的にはそれで良かったと思っていますけれど。

□怒鳴ったり殴ったりで絆を深めるというような体育会系のノリが合わなかった。自分が監督になったらこうはすまいという、反面教師にたくさん触れた。

□高校のときにバレーボール部でセッターをやっていたから、（俳優）５人までは大丈夫。それを超えると別の演出家が現場に必要になってくる。

□役者が自分の思い通りに動かなかったときに、違うからといって却下するのではなく、ポジティブに受け入れて組み立て直す。そのほうが自分の頭の中から新しいものが出てくるし、撮影していてもワクワクする。

□「北風と太陽」でいうと、僕は太陽のやり方。自分で上着を脱いだと思わせる、ずるいことをするほう（笑）。

□ホームドラマを撮ることは、人間として、監督としての、成長や老いを確認するためにも必要。

Music for **instigator**
Selected by Shinichi Osawa #019

1	The One To WaitX	CCFX
2	Painting By Numbers (feat. UhAhUh)	Moullinex
3	River	Ibeyi
4	Third Gear Kills	Annie Anxiety aka Little Annie
5	The Night (To Find Another Place Version)	HedUbble, Mr Herbert Quain
6	Conflict of Interest	Yves Tumor
7	Rodent (Kode9 Remix)	Burial
8	Early Bird + Audio Liner Notes	Gonzales + G.E.S. Shinichi Osawa Edit
9	Rhineland (Heartland)	Beirut
10	Post Requisite	Flying Lotus
11	Candy	Chromatics
12	Aura	Photay
13	To Climb the Cliff	Antena
14	色彩都市	原田知世
15	Fruit Stand	Onyx Collective
16	I Don't Know (feat. Samuel T. Herring)	BADBADNOTGOOD

※上記トラックリストはinstigator official site(http://instigator.jp)でお楽しみいただけます。

betweenthebooks.com

の換骨奪胎

#020

ホンマタカシ

写真家

1962年、東京生まれ。2011年から12年にかけて、個展「ホンマタカシ ニュー・ドキュメンタリー」を日本国内3か所の美術館で開催。16年イギリスの出版社MACKより、カメラオブスキュラシリーズの作品集『THE NARCISSISTIC CITY』を刊行。16年「ニュードキュメンタリー映画」特集上映として渋谷シアター・イメージフォーラムほか全国の映画館や美術館にて『After 10 years』を含む4作品を上映。著書に『たのしい写真 よい子のための写真教室』など。

「正しさ」を疑う眼差しを持つ

野球の道を諦めて、失意のなか写真学科へ

片山　こんばんは。今日のゲストは写真家のホンマタカシさんです。来年、２０１９年度から空間演出デザイン学科の授業にも来ていただけるということで学内も盛り上がっていますね。この機会に改めて、ホンマさんの作品はもちろんのこと、写真、アート、クリエーションについて幅広い見解をお聞きしたいと思います。よろしくお願いします。

ホンマ　こんばんは。よろしくお願いします。

片山　ホンマさんには、かなり昔からお世話になっているんです。もともと大ファンで、会社を設立した頃、ホンマさんに撮ってもらった写真をそのまま封筒[※1]にして使っていたんですよ。それからだいぶ前なんですけど、雑誌の取材で恵比寿時代の僕の事務所に来てくれて、撮影してくれたこともあるんです。覚えていないと思うけど。そのときにホンマさん、取材の途中でふらーっと、犬を抱いて現れたの。

ホンマ　やばい人ですね。

片山　さらに先がありますよ（笑）。アシスタントの女性が1人、一緒にいらしたんです。撮影に来ているので、当時はフィルムだから替えのフィルムを用意したりとか、反射板を支えたりとか、そういうことをすると思うじゃないですか。そしたら「じゃ撮りますね」って言ってホンマさん、アシスタントに犬を預けたの。で、その方、撮影が終わるまでただ犬を抱いていていただけだった（笑）。

※1　写真

ホンマ　だいぶやばい人ですね（笑）。

片山　それでぱっぱと数枚撮って、まだ取材の途中なのに、じゃあお先に、って帰っていったんですよ。カメラマンの方って、取材の最初からいて、最後までいるものだと思っていたから、ものすごい衝撃でした。いつもそうだったんですか。

ホンマ　最初から最後までいるっていうことはないですね。必要ないじゃないですか。その日のことは覚えてませんけどね（笑）。

片山　まあそんなことがあって、不思議な人だなって印象がすごくありました。それは今も変わらないかな。ムサビにはもう何度もいらしていますよね。

ホンマ　空間演出デザイン学科でもやっているし、映像学科でも1回講演してます。

片山　今日は前半はホンマさんに自由にお話しいただいて、後半は学生の質疑応答をメインに考えています。よろしいでしょうか。

ホンマ　はい。じゃあまずは自己紹介がてら、僕が出してきた写真集をいくつか紹介しますね。（スライドに画像を映しながら）この『Babyland』[※2]は、1995年に刊行した、初めての写真集です。ここにいるみなさんが生まれたくらいの年かな。展覧会に合わせて、1993年から1995年の2年間に撮った作品を収録してます。それからこれ（別の画像を映して）『東京郊外：TOKYO SUBURBIA』[※3]（以下『東京郊外』）、1998年に出しました。これで賞をいろいろもらったりして、まあ世間的に名前を知られたかなっていう。

片山　初期の代表作ですよね。木村伊兵衛写真賞[※4]という素晴らしい賞を受賞されています。

※2『Babyland』　リトル・モアより1995年に初版刊行。別紙で漫画家・岡崎京子との対談も収録された。

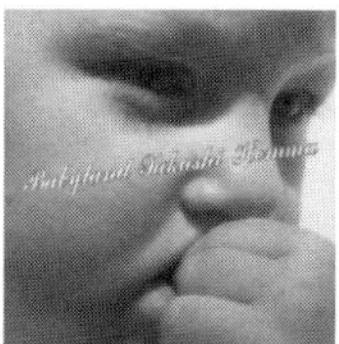

※3『東京郊外：TOKYO SUBURBIA』　光琳社出版より1998年に初版刊行。駐車場や住宅地、団地の中庭など東京郊外の風景写真を64枚収録。この本とパルコで開催された個展「東京郊外」で第24回木村伊兵衛写真賞を受賞。

ホンマ　『東京郊外』はこのムサビのあたりもそうですけど、なんでもないニュータウンっていうのを題材にした作品です。それまでは写真家というと、例えば開発途上国で暮らす恵まれない子どもたちや、国内であれば歌舞伎町のごちゃごちゃした街並み、下町でのんびり寝ている猫なんかを撮るのがまあ、普通だったんですよね。

片山　どうして東京の郊外を撮ろうと思ったんですか。

ホンマ　僕は生まれは文京区なんですけど、育ちは西東京市なんですよ。ただ90年代の後半になると、このあたりも味のある街になっちゃってたから、撮影したのは多摩ニュータウンとかできたての街なんですけど。

片山　まだ色のついていない、なんてことのない街を撮るわけですね。

ホンマ　そうですね。当時はカメラマンとして雑誌の仕事もいっぱいやっていました。片山さんの事務所に行ったのもそうですよね。でもそれは雑誌側の要請で撮る写真であって、それだけだと消費されちゃう気がして。だからなるべく連載のかたちで、自分の作品も増やしていくように心がけていました。先輩の篠山紀信[※5]さんや荒木経惟[※6]さんがやっていた手法です。

片山　言われたままではなく、もっと自分の色を前面に出していくような。

ホンマ　いいなと思う人は、そういうふうに雑誌や広告の仕事もちゃんと自分の仕事にしていますよね。海外だと、ロンドンの『i-D magazine』[※7]をやっていたときにほぼ同期だった、ヴォルフガング・ティルマンス[※8]が、やはり雑誌の仕事で撮っていた小さなカットを、のちにちゃんと写真集にして発表しています。その手法も参考にしました。

※4　木村伊兵衛写真賞　写真家・木村伊兵衛（1901－1974）の業績を記念して1975年に創設された、朝日新聞社、朝日新聞出版主催による写真新人賞。その年に優れた作品を発表した新人写真家を対象としている。

※5　篠山紀信（しのやま・きしん、1940－）　東京都出身の写真家。日大在学中の1961年にライトパブリシティに入社。1968年に同社退社後はフリーランスとして雑誌等で活躍。有名無名問わず若い女性のポートレート「激写」シリーズを発表、以降、氏の代名詞となる。

※6　荒木経惟（あらき・のぶよし、1940－）　東京都出身の写真家。1963年に電通に宣伝用カメラマンとして入社。72年よりフリー。

※7　『i-D magazine』　1980年にイギリスで『VOGUE』のアートディレクターを務めていたテリー・ジョー

片山　ホンマさんはキャリアとしては、ライトパブリシティ[※9]に就職されたのがスタートですよね？　仕事としての広告写真と、自分の作品というのは、当時から分けて考えていたんですか。

ホンマ　1980年代の日本ってバブルでお金もあって、広告の現場がすごく面白かったと思うんです。だからライトパブリシティに入ったんだけど、物足りないっていうか、自分に合わないなーと思っていて。それでだんだん「ギャラはよくないけど面白い仕事」を好んでやるようになりました。その最高峰がロンドンの『i-D』。ギャラは桁違いに安くて、1ページ1万円とかそういう世界でした。でも稼ぐよりも、面白いことをやりたかったんですよね。

片山　ホンマさんの経歴ってとてもユニークなので、ここで少し紹介させてください。まず大学時代、日藝——日本大学藝術学部写真学科に在学中から、セツ・モードセミナー[※10]にも通われていた。ダブルスクールということですよね？

ホンマ　まあそうですね。その話をするには、もうちょっと遡るほうがわかりやすいかな。小中高と、野球をかなり真剣にやっていたんですよ。本気でプロ野球選手をめざして、高校も甲子園によく出場するようなところに入ったんです。でも全然レギュラーになれなくて、それが人生で最初で最大の挫折。

片山　ちなみにポジションは？

ホンマ　最初はピッチャーでした。でも高校で身長も伸びなくて、まわりにどんどん抜かれて、最後はいろんなポジションをたらい回しにされて、レギュラーにもなれないま

ンズにより創刊された女性ファッション&カルチャー誌。

※8　ヴォルフガング・ティルマンス（Wolfgang Tillmans、1968－）　ドイツ出身の写真家。2000年にターナー賞を受賞。

※9　ライトパブリシティ　1951年設立。東京都中央区に本社を置く、日本初の広告制作専門としてつくられた制作会社。現在も広告・CMの企画制作をメインに手がけ、日本を代表するようなコピーライター、アートディレクター、フォトグラファーが在籍したことでも知られる。略称「ライト」。

※10　セツ・モードセミナー　著名クリエイターらを輩出してきた、東京都新宿区舟町にあった美術学校。日本のファッション・イラストレーターの草分けといわれる長沢節（1917－1999）が創設。

ま。最後はバッティングピッチャーやっていました。

片山　強豪校はシビアでしょうね……。

ホンマ　それでもう、何もかもやる気なくなって、全部どうでもいいやって思っていた時期があって。ただ野球部のなかでは珍しく文化系で、演劇とか興味があったんです。でも演出をやるには東大とか早稲田とからしくて、まあ学力的に全然無理で、日藝の写真学科に行きました。そんな経緯なので、べつにどうしても写真がやりたかったわけじゃないんですよね。

片山　どうしてもでなくても、興味はあったってことですよね？

ホンマ　実家が写真屋で、カメラの小売りをやってたんです。

片山　ああ、僕も家具屋の息子でこういう仕事に就くことになったから、似てるかもしれない。

ホンマ　そうそう。ところが大学に入ってみて驚きました。当時の日藝の写真学科ってほんとにガチで、日本中の高校の写真部の部長みたいなやつらが来てたんです。初めての飲み会で、みんなロバート・フランク[※11]やダイアン・アーバス[※12]の話とか、なんかいろんな分野の芸術の話をしてて、何を言ってるのか全然わかんなかった。そこで野球部魂が出てくるわけですよ。負けたくないって。

片山　闘争心に火がついたんですね。

ホンマ　そうですね。どうしたら勝てるか考えて、僕は野球やってたっていうのもあって実践派なんですよね。かつ、王道ではなくみんなと違うことをしたほうがいいと思っ

※11 ロバート・フランク（Robert Frank、１９２４－）スイス・チューリッヒ生まれの写真家。移民としてアメリカへ渡り、ファッション誌『ハーパース・バザー』で働いたのちに、ドキュメンタリー写真で才覚を表す。１９５８年リアルなアメリカ社会を描写した写真集『ジ・アメリカンズ』が賛否両論を含めて大きな話題を呼び、以降は映画制作も手がける。

※12　ダイアン・アーバス（Diane Arbus、１９２３－１９７１）　ニューヨーク出身の写真家。長く夫アラン・アーバスと連名でファッション誌で活躍。やがてアウトサイダー、フリークスのポートレートを主題に撮影するようになった。

て、セツ・モードセミナーに行ったんです。まあ絵を描くのも好きだったから。絵を描くのも写真のために役に立つんじゃないかと思って。
片山　ダブルスクール、大変だったでしょう。
ホンマ　でもセツのほうはそんな真面目に行ってなかったんですけどね（笑）。
片山　マガジンハウスでアルバイトもされていたんですよね？
ホンマ　2年間バイトしていました。そのままフリーランスにもなれたんですけど、野球部の真面目さが出てきて「いちばん厳しいことを知りたい」と思ってライトパブリシティに入ったんですよね。学生時代、大学3年の冬に。運良く入れちゃったんで。
片山　在学中に入った人って、ほかにもいましたか？
ホンマ　僕の前は篠山さんだけですね。篠山さんは会社に行きながらちゃっかり卒業してますけどね（笑）。
片山　ホンマさんは中退？
ホンマ　そう。ここで言う話じゃないかもしれないけど、日藝は中退したほうが出世するという都市伝説もあったので、さっさとやめました。

量より質。全ショット、ホームランを狙う

片山　就職しましたしね。ライトパブリシティには6年、在籍された。
ホンマ　大変でしたけどね。ビール瓶の撮影に3日とか4日とかかけるのザラで。満足

いくような泡を撮るのにそれだけ時間かけるような、そんな撮影がいっぱいあって、入ったときは「失敗したなー」って思いました。

片山　泡を追求するのは面白くなかったですか。

ホンマ　全く（笑）。でもそこでやっぱり野球部魂が出てきて（笑）。「この人たちには絶対負けたくない」と思っちゃうんですよ。写真学科の飲み会に行ったときと一緒。それで見てると、先輩たちはモノ撮りや自動車の撮影はうまいんだけど、ファッションや人物は弱いって思ったんです。マガジンハウスでバイトしていたときにファッションはやってたから、入って1年も経たないうちに撮影を頼まれて、やっちゃったんですね、細谷巖[※13]さんに直談判して。それで写真部全体から仲間外れにされました。その頃はむちゃくちゃ徒弟制度でしたから。

片山　まあ、そうですよね。

ホンマ　それは結構つらかったんけど、まあ、野球部時代に比べればね。殴られないし、ケツバットもされないし、全然余裕（笑）。

片山　わかります、わかります。僕も野球部だったから。

ホンマ　そうこうするうちに雑誌時代の知り合いから仕事の依頼が来て、ライトパブリシティに所属しながら、アルバイトもちょこちょこするようになったんです。

片山　え、それはやって良かったんですか？　こっそり？

ホンマ　ライトパブリシティのなかに、スラングで「三角」という言葉があったんですよ。「あの人、三角やってる」っていうのは、まあちょっと優秀な証しっていうか。

※13　細谷巖（ほそや・がん、1935－）　神奈川県出身のアートディレクター、グラフィックデザイナー。1954年にライトパブリシティに入社。同社代表取締役会長（2019年8月時点）。東京アートディレクターズクラブ会長。

片山　外の仕事をやってる人を三角っていうんだ。へえー。じゃあまあ、暗黙の了解なわけですね。
ホンマ　おおっぴらにやらなければ。結局、実力社会なんで。
片山　そうですよね。それでそのときのアルバイトというのが……。
ホンマ　宝島社の『CUTiE』[※14]っていう雑誌。今は普通にファッション雑誌になってますけど、最初はほんとにインディーズ雑誌みたいな感じだったんです。好きなことだけを好きなようにやる、広告と真逆の世界。それが僕にはすごく魅力的に映りました。自分からやりたいって言って、バイトなのに『CUTiE』の仕事でロンドンロケに行ったんですね。会社の夏休みを1週間使って。
片山　のちにロンドンに行かれるのはそれがきっかけで？
ホンマ　『i-D』の創設者であり初代編集長だったテリー・ジョーンズに出会ったことも大きいです。ちょうど『i-D JAPAN』の計画があって、それを手伝ってくれと言われて、3号まで表紙を撮ったんですよ。
片山　そうなんですね。
ホンマ　でもロンドンに行きたかったから、さっさと会社を辞めてロンドンに行きました。
片山　ライトパブリシティは昔も今も名門の広告会社です。入りたくても入れない人がたくさんいたでしょうに、ホンマさんはぽんと辞めてロンドンに行かれたんですね。そういうコネクションがあったわけですか。

※14『CUTiE』　宝島社より1989年に創刊された10代女性向けカルチャー！ファッション誌。現在は休刊。

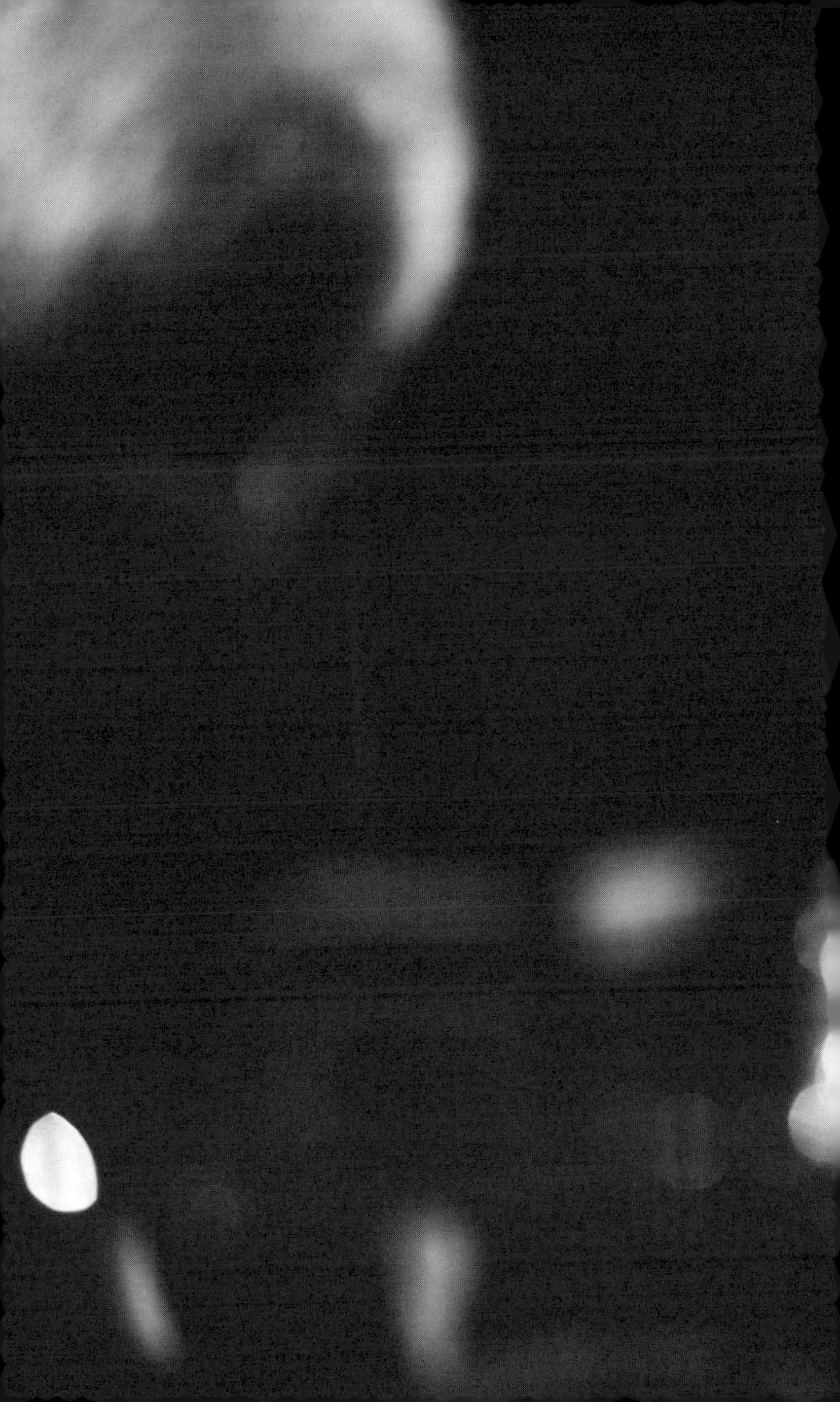

ホンマ　テリーに「ロンドンに来るなら、毎月は払えないけど仕事はあるよ」って言われて行ったんです。

片山　『i-D』ってほんとに僕らの憧れの雑誌で。ロンドンのストリートカルチャーやサブカルチャーを取り上げていた雑誌でしたよね。

ホンマ　その頃『i-D』と『THE FACE magazine』[※15]が二大カルチャー誌だったわけですよ。二大と言いつつ、『FACE』のほうがメジャーな印象はありました。棲み分けとして『FACE』がファッションマガジンで、『i-D』はストリート寄りだった。で、僕はやっぱりストリートが好きだったんですよね。ティルマンスも「みんなは『FACE』をやりたがったけど俺は『i-D』のスピリッツが好きだった」って言ってました。

片山　なるほど。ロンドンの2年間は、ホンマさんにとってどんな意味がありましたか。

ホンマ　僕のなかでは今でもものすごく大きいですよ。例えば『i-D』でファッション写真を撮るとき、テリーにはっきり言われたんです。36枚撮りのフィルムなら、3、4ルックは撮れ、って。

片山　それまで、日本で撮っていたときと、どのくらい違いが?

ホンマ　日本のファッション雑誌だったら、ワンルックを撮るのにフィルム3本は使ってました。

片山　36枚×3本、つまり100枚以上撮って、その中の1枚を使うってことですね。

ホンマ　そう。それって貪欲にクオリティを追求するっていうより、いっぱいやってます、こんなにがんばってます、ってアピールのほうが大きいと思う。そういうの、日本

※15『THE FACE magazine』 1980年にイギリスで創刊されたファッション誌。EMAP社により発行されていたが2004年に廃刊。

の社会全体にいまだにあると思うんですけど。テリーははっきりと、限られた時間でいい写真を撮らないと駄目だ、って言ったんです。それは僕のなかで今でも大事にしてる。

片山　ビール瓶の泡を撮るのに3日かけていたのとは、真逆の発想ですね。

ホンマ　『i-D』のカメラマンならシャッター1回押すだけですね。せいぜい2回。

片山　ええ、それもすごい。フィルムだと、デジカメと違ってその場で確認することもできないじゃないですか。失敗とかないんですか。

ホンマ　あるでしょうね。失敗のリスクも込みなんですよ。野球でいうなら、全打席、全部のボールでホームランを狙えっていうこと。

片山　驚きました？　ロンドンに行かれたホンマ青年は。

ホンマ　いえ、当時の日本の広告業界の、やたらめったらフィルムを消費するとかすぐに徹夜するとかそういう根性論にうんざりしてたから、「ああ俺は間違ってなかったんだな」って。

片山　お話を伺っているとロンドンはかなり肌に合っているように思いますが、日本に帰ってこようと思ったきっかけは何かあったんですか？

ホンマ　『東京郊外』を撮るきっかけにも通じるんですけど。『i-D』でもいいページを任されるようになってきたあるとき、僕がプライベートで撮っていたクラブカルチャー、なかでもゲイカルチャーの写真を、あるアートディレクターに見せたんです。そのときに「写真はすごくいいけど、日本人のストレートのお前がこれを撮る理由ある？」って聞かれたんですよね。その頃はクラブカルチャーが盛んだったから、なんとなく追ってたんです。でもそう言われて、あっそうかって。自分の作品っていうのは、ただきれいとか、かっこいいとか、流行ってるからとかそういうので撮るもんじゃない、自分のなかに必然性がないと作品として意味がないんだなって気づいて。それで日本に帰って、自分のルーツともいえる『東京郊外』を撮り始めました。

片山　そのアートディレクターとは今も交流ありますか。

ホンマ　いえ、そのときだけです。イギリス人だっていうことしか覚えてないんですけど。ただ言われた言葉は鮮明に覚えています。「individual」って何度も出てきました。その人だけではなく僕がロンドンで出会ったクリエイターは「人がやってることはやらない」って徹底していました。これは、日本の業界の人からはほとんど聞いたことがない。逆にこういうデザインが流行ってるから、とか、こういう作風が流行ってるから、ってことを気にして追っていますよね。でも僕のなかでは「individual」がかなり大きいです。

片山　ホンマさんの独特のスタンスを垣間見た気がします。『東京郊外』で木村伊兵衛写真賞を受賞され、変化はありましたか。

ホンマ　そうですね。ただ写真評論家からは見向きもされませんでした。当時の木村伊兵衛写真賞って、いわゆる重厚なシリアス写真を撮っている写真家ばかりで、雑誌の仕事とかファッションとかやってる受賞者はそれまでいなかったんですよ。今はかなり一般的になってきていますけれど。

片山　では風当たりも強かった？

ホンマ　「こんな不動産屋の写真みたいなの、どこが面白いの？」って感じだったたんじゃないですか。事件も何もないし。でもそのうちに、ハンス・ウルリッヒ・オブリスト[※16]が評価してくれて、「Cities on the Move（「移動する都市」展）」[※17]っていう世界中を巡回したグループ展にこれを入れてくれたんですね。そしたら日本の評論家も手のひらを返して、評価してきた。

片山　あー、よく聞く話ですね……。ハンス・ウルリッヒ・オブリストは、ホンマさんがやろうとしていたことを理解したわけですか。

ホンマ　Suburbia、都市郊外のニュータウンの問題は、ランドスケープを考えるうえで避けて通れないものなんですよね。この本を出した1995年は日本では酒鬼薔薇事件とかがあって、宮台真司さんあたりがニュータウンを良くないものとして問題視していたけれど。でも僕らはそこで生まれ育ってる。いまさら、ないものにはできないじゃないですか。そういう意識は、共有できたんじゃないかと思います。

写真であって、写真だけでは完結しないアート

ホンマ　次の話、行きましょうか[※19]。（スライドに画像を映して）これ『relax/New Waves』[※18]。雑誌の『relax』の別冊扱いなんですけど、本誌と同じ装丁にしてくれって依頼したんです。だから別冊だけどコンビニにも置かれたんですよ。

片山　衝撃でした。オアフ島の波の写真だけが、最初から最後までひたすら続く。

ホンマ　僕はコンセプチュアルアートだと思ってます（笑）。

※16 ハンス・ウルリッヒ・オブリスト（Hans Ulrich Obrist、1968－） パリ市立現代美術館のキュレーターを務めたのち、ロンドンのサーペンタイン・ギャラリー共同ディレクター。

※17 「Cities on the Move（「移動する都市」展）」 1997年11月ウィーンのゼセッション館から始まった東アジアにおける都市の変容をテーマとした展覧会。サブタイトル「都市の混沌と世界の変容——現在の東アジアの美術・建築・映像」。

※18 『relax/New Waves』 マガジンハウスより2003年に刊行された、オアフ島の「波」だけで構成された写真集。

片山　ニューウェイブ[※20]のシリーズは、今もずっと撮られていますよね。

ホンマ　僕すごい飽きっぽいんですよ。飽きるっていうか、先が見えるともういいかなって思っちゃう。だから会社もいいところでさっさと辞めてるし、ロンドンもいいところで帰ってきちゃってる。それをもったいないっていう人もいるけど、やっぱり自分のやりたいって気持ちが優先だから。だけどニューウェイブは、また別のコンセプトなんです。毎年撮るっていうことが重要。

片山　飽きとかそういう問題じゃないわけですね。

ホンマ　最初の2、3年は、単に「きれいな波ですねー」って思われていましたけど、10年続けていると、撮り続けることがコンセプトだってわかってもらえるようになってきました。これはもう止められないですね。

片山　かなり前に美容室の店舗デザインをしたときに、クライアントにホンマさんのニューウェイブの作品を飾りたいって言われて、ギャラリー360[※21]に見に行ったんです。でもたくさんありすぎて、正直どれがいいのか選べなかったんですよね。

ホンマ　実際、どれでもいいんですよ。僕が聞いて嬉しかったのは、森ビルにお勤めの一般の女性が、自分のお子さん2人の生まれ年のニューウェイブを2枚、買ってくれたんです。そういう買い方ってちょっとおしゃれだなと思って。だから僕のなかでは河原温[※22]さんとか、そういう芸術にちょっと近い感じがあります。

片山　そういう意味ではニューウェイブって、その写真だけが作品じゃないんですね。

ホンマ　そうなんです。絵にならないようなベタ波でもいいんです。その年に撮ったと

※19『relax』　マガジンハウスより1996年に創刊された男性向けカルチャー雑誌。2006年に休刊。

※20 NEW WAVESシリーズ　ホンマ氏が2003年からライフワークとして撮り続けている「波」のシリーズ作品。

※21 Gallery 360°　1982年に世田谷にオープンしたギャラリー。現代美術を通してコミュニケーションの場をつくることを目的とし、ホンマ氏の展覧会も開催。2018年に表参道に移転。

※22　河原温（かわら・おん、1932-2014）　愛知県出身の美術家。ニューヨークを拠点に活動するコンセプチュアル・アーティスト。生

いうことに、意味があるから。

片山　一枚一枚、どれもおしゃれなんですよ。すごく。でもたくさんあるなかから選ぶ基準は、買う人の価値判断に完全に委ねられるものなのかもしれない。

ホンマ　これから時間が経つごとに、もっともっと面白くなると思います。それこそヴィンテージワインみたいに、俺２０１５年モノ持ってるよ、なんていうふうになったらいいな、と。

片山　いやー面白い。ホンマさんはニューウェーブ以外にも、継続して撮られているいろんなシリーズがあります。ホンマ作品を鑑賞するとき、時系列で見るのと、シリーズごとに見るのとでは、それも印象が違ってきそうですね。

ホンマ　今やってるニュー・ドキュメンタリー[※23]では、偶然なんですけど、その違いを意識することになったんです。

片山　ホンマタカシ ニュー・ドキュメンタリー。２０１１年から続けられている個展ですね。金沢21世紀美術館、東京オペラシティアートギャラリー、丸亀猪熊弦一郎現代美術館で巡回されています。

ホンマ　最初、金沢とオペラシティではシリーズごとに普通に部屋を分けて展示していたんです。でも最後の丸亀では、完全に撮影した時系列順にしました。だから作品としてはバラバラなんですけど、僕のなかではそれがすごくしっくりきたんですよね。実際並行してやってるし、より僕のコンセプトがはっきりした感じがあって。

片山　偶然その違いを意識するようになったというのはどういうことですか。会場の都

前は公の場に姿を表さず、作品解説を行わず、プロフィールでも生年の代わりに生まれてからの日数を記していた。

※23　「ホンマタカシ ニュー・ドキュメンタリー」　２０１１年に金沢21世紀美術館と東京オペラシティアートギャラリー、２０１２年に丸亀市猪熊弦一郎現代美術館の3か所で開催された、初の美術館での展覧会。２００５年以降に手がけた作品群を中心に構成された。

合？

ホンマ　そうです。丸亀ではどう展示しようって考えたときに、時系列もいいかもなってその場で思いついた。だからそういう、環境や状況というものも重要ですよね。そこでうまく対応するために新しい何かを思いつく。

片山　じつは僕、ホンマさんって頑固な方なのかなって勝手に思ってたんですよ。自分のやり方、考えは絶対に曲げないっていうか。でもお話を聞いていると、その場の状況をフレキシブルに楽しまれてますよね。面白がってるというか。

ホンマ　面白がってるっていうの正しいですね。むしろ巡回展だからといって、金沢とオペラシティと丸亀、全部同じセットが回っていくよりワクワクします。

片山　巡回展って普通は同じセットだけど。やっぱり飽きちゃうのかな。ミュージシャンが自分の曲を、何度もリミックスするとか、そういう感覚に近いですかね？

ホンマ　聴く側としてもたしかにリミックスとかカバーとか好きです。

片山　ホンマさんの作品って、写真なんだけど写真じゃないなあって思います。コンセプチュアルアートの領域を、たまたま写真というフィルターを通してホンマさんが表現してるんだなっていうか。すごく新しいことをされているんだけど、そういうアイディアみたいなものって、どういうときに思いつくんですか？　何か閃く瞬間が？

ホンマ　日常で思いつくっていうか……。特にこの瞬間、っていうのは今パッと出ないけど。トークショーの質疑応答でよく「暇な日は何やってるんですか」みたいなこと聞かれるんですけど、仕事のことを考えない日っていうのはないから。

片山　なるほど。ほかのシリーズだと、ホンマさんは建築家とも積極的にコラボされていますよね。それは何か理由があるんですか。

ホンマ　きっかけは『東京郊外』でニュータウンを撮っているうちに、集合住宅を撮るようになって。あと、僕は明るいとか透明とかそういう感じの写真でデビューしたことに一応なってるんですけど。それって妹島和世[※24]さんが軽い感じの建築で脚光を浴びてきた時期と、ちょうどリンクしているんです。そして僕の写真も妹島さんの建築が写りやすかった。

片山　時代のシンクロっていうか、何かあるんですかね。

ホンマ　時代の無意識はあったんだと思います。バブルの頃までは、わりと重厚な感じが良しとされていて、でも１９９０年代の半ばくらいに転換期があって、透明とか軽めがいいっていう空気に、一瞬にしてなったんじゃないですかね。

片山　重厚というのは、立派に見えるとか、高級そうとか、豪華とかそういう。

ホンマ　そうですね。でもいろんな建築家とコラボで撮影していますけど、ほとんどの建築家は「この場所から撮ってくれ」とか言うんですよ（笑）。

片山　それは頼む相手が違ってますね。だって、ホンマさんがどう切り取ったか、ホンマさんが見た建築っていうのが、作品になるんだから。

ホンマ　おそらく昔のほうが、そういう写真家の独特な視線にリスペクトがあったと思うんです。今みんなあまり余裕がないから、俺のコンセプトを撮ってくれ、っていう感じになりがちなのかなっていう気はしています。

※24　妹島和世（せじま・かずよ、１９５６—）　茨城県出身の建築家。１９９５年より建築家ユニットSANAAを西沢立衛と共同で運営。代表作に〈金沢21世紀美術館〉〈すみだ北斎美術館〉〈犬島「家プロジェクト」〉など。プリツカー賞（日本人女性唯一）、日本建築学会賞、吉岡賞ほか多数受賞。

そんなに「自分」って必要かな？

片山　2018年6月に出版されたばかりの『ホンマタカシの換骨奪胎』[※25]についてもお話を伺いたいです。元は雑誌の『芸術新潮』[※26]で連載されていた原稿ですよね。換骨奪胎、というタイトルの由来から、ホンマさんの言葉で説明してもらえますか。

ホンマ　そのままの意味はちょっと強いですよね。人のものを取って自分のものにする、っていう。少し柔らかくすると本歌取り。和歌とかで、ある歌を自分なりに解釈して一歩前進させるというのと同じような意味。真似やパクリとどう違うかっていうと、自分なりの解釈とアレンジがあって、さらに一歩前進しているかどうかです。これは写真だけではなく、過去にあった文化も絵画もなんでもそう。みんな大きな歴史の流れのなかにいて、自分が何かを受け取り、次の人にパスしていくんだよ、っていう話をしている本です。

片山「はじめに」でも「ひとつの表現は突然天才の元に空から降って来るわけではありません。脈々と続く人間の営為の大きな流れの中にあるのです。平たく言うとバケツリレーのようなものなのです」って書かれています。そしてこれすごく納得したんだけど、「科学の世界で先行論文を調べないことなどありません」とも。たしかに科学の世界で、いちいちゼロに戻ってオリジナリティを求めるなんてないですよね。ホンマさんが所属されている[※27]TARO NASU GALLERYのオーナーである那須太郎さんは、むしろ

※25『ホンマタカシの換骨奪胎』　新潮社より2018年に初版刊行。古今東西の写真・映画・現代美術の技法に挑戦し、作品を通じて日進月歩する映像の世界を読み解く。

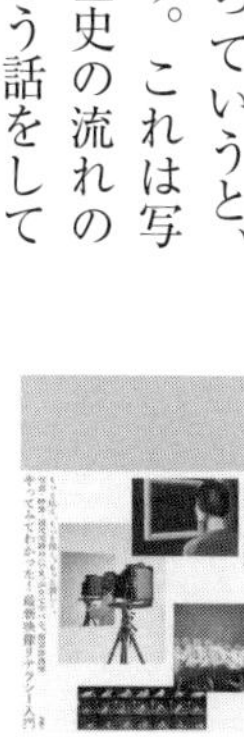

※26『芸術新潮』　新潮社より1950年に創刊の美術雑誌。

※27　TARO NASU GALLERY　1998年、江東区佐賀に那須太郎がオーナーディレクターとして開廊。2度の移転を経て、2019年5月より六本木に移転。コンセプチュアルアートと、日本の

文脈のないものは信用できないって話していました。

ホンマ　個性は大事なんですよ。真似はつまらないし。でも全くゼロからのオリジナルっていうものはそもそもありえない。例えば今こうやって僕がしゃべっているのだって、親がしゃべってるのを真似て覚えたことを、自分なりにアレンジしてるんだよね。そういうふうに考えることで逆に楽になるんじゃないかと思って。ここにいる学生のみんなは今は若いから、私が私が、俺が俺が、ってなっても自然なことだけど、でもそんなに自分って重要かな、って視点があると気が楽になると思う。古典や過去の名作を知って、その文脈に対して自分はこれをやってます、ってちゃんと説明できれば、今の時代の表現はもうそれでいいんじゃないかと僕は思う。

片山　選択や組み合わせ方は知識や経験によるから、そこにもかなりオリジナリティが表れますよね。

ホンマ　知識としてもそうだし、先行研究を参考にすることで自分の無意識のパクリ防止にもなりますよね。せめて自分が専門とするジャンルで過去にどんなものがあったのかは、調べておいたほうがいい。

片山　そうですよね。『換骨奪胎』では、今の時代に大きな影響を与えたエポックメイキングなアートやアーティストの考え方を紹介しながら、ホンマさんの視点で読み解いていく本です。19章あって、かなり広いジャンル・レンジなんだけど、赤瀬川原平さん[※28]について書かれた章が僕はすごく印象深くて。

ホンマ　赤瀬川原平さん、みんな知ってるかな。

現代写真を中心に、ホンマタカシ氏、後述のライアン・ガンダーなど、現代のアートシーンを担うアーティスト約20名が契約を結んでいる。日本を代表する現代美術ギャラリーの一つ。

※28　赤瀬川原平（あかせがわ・げんぺい、1937－2014）　神奈川県出身の美術家、作家。武蔵野美

片山　知ってる人、手を挙げて。

ホンマ　え、少ない。それはやばいでしょ……。ムサビの前身の武蔵野美術学校の大先輩だし、ムサビで教えていた時期もある。絶対に覚えておいたほうがいいです。赤瀬川原平さんは芥川賞を受賞していて、『老人力』[※29]っていうベストセラーもあるから、文章のほうで知っている人のほうが多いかもしれない。もともとは絵画から始まって、前衛芸術をやっていた方です。扇風機や椅子を包装紙で包んだ「梱包芸術」作品とか、東京オリンピックのさなかに白衣を着て銀座の路上を掃除して回るパフォーマンスとか。あと千円札を模写して自分の作品だ、って発表して、あまりに上手すぎて警察に捕まったこともある人。ほんとにすごい、日本人の知的な人のなかでも特に重要な人だと思う。そして、そんな周囲をびっくりさせるほどに自分の表現をしてきた、その赤瀬川原平さんが行き着いたのが「路上観察」でした。

片山　路上で、面白いものを発見する。

ホンマ　そう。路上――環境のなかに、面白いことがいろいろあるよ、って。例えば「超芸術トマソン」っていう、赤瀬川さんが名づけた概念があります。いわく「不動産に付着していて、美しく保存されている無用の長物」のことで、スマホでメディア検索するといろいろ出てくるから見てみてほしいけど。トマソンの第1号は、赤瀬川さんがある日歩いているときに発見した、登りきっても何もない階段なんですよね。

片山　単なる設計ミスなのか何なのか、意外といっぱいあるんですよね。謎の階段とか、謎のドアとか。

術学校中退。前衛芸術家として活動するほか、漫画家として、また「尾辻克彦」のペンネームで純文学作家としても作品を執筆。『文學界』1980年12月号に発表された短編「父が消えた」で、1980年に第84回芥川賞を受賞。

※29　『老人力』　赤瀬川原平著。1998年に筑摩書房より刊行されベストセラーになった。「老人力」は老化による物忘れなどの衰えを「老人力がついてきた」とプラスに捉える概念で、同年の流行語にもなった。

ホンマ　しかも、どう考えてもおかしいのに、みんな気づかずにスルーしている。先日『換骨奪胎』の発売に合わせて実践ワークショップをやったんです。そこで、トマソンまではいかなくても、実際に自分たちも街へ出て、見逃していた面白いもの、異質なものを見つけてくるっていう課題を出したんですけど、けっこう面白い作品が集まったんですよ。やっぱり意識して見ると日常も変わるんだなって。

片山　参加者は一般の読者の方ですか？

ホンマ　そう、写真に興味のある人たち。年齢も20代から40代までバラバラです。約20人を3、4人ずつに分けてグループごとのフィールドワークにしました。

片山　どんな作品が集まりましたか。

ホンマ　例えば、誰の土地だかよくわからない三角州とか。何か上に旗が刺さってたんだろうけど、なくなって土台のコンクリートだけ残っているやつとか。

片山　ああ、ありますね。そのときは何か役割があったんだろうけど、結果的に残ってしまったであろう、よくわからないもの……。

ホンマ　おそらく土木とか建築とかの法律のせいで取り残されちゃったんだろうけど、改めて見ると味わい深いんですよ。あと、不要な看板を集めて積み重ねて放置されているのとか。もう純粋オブジェに見えてくる。それって、一人でも探せるじゃないですか。だからどんどん広がってほしくてワークショップをやってみたんです。『換骨奪胎』のＰＲの要素ももちろんあるけど。僕の本だけで完結させたくないなと思って。

片山　すごい着眼点ですよね。「超芸術トマソン」の由来も面白いですよね。トマソンっていう名前の大リーガーが巨人に入ったんだけど、打たなくてすぐに帰っていった。それで当時「トマ損」とか言われて、その彼が命名のモデルになっているっていう。

ホンマ　言葉のセンスっていうのは赤瀬川さん、なんせ芥川賞作家ですから。『老人力』だって、「老人力」ってつけた時点でもう勝利ですから。

片山　赤瀬川さんが実践されていたのは何年ごろですか。

ホンマ　路上やってたのは80年代か90年代ですね。

片山　ホンマさんは交流はあったんですか？

ホンマ　赤瀬川さんが『全面自供！』[※30]って本を出されたときに青山ブックセンターのトークショーに呼んでいただいたんです。そのとき「遊びに来てくださいよ」って言っていただいたんですけど、その後、体調を崩されてしまったんですよね。

片山　ご自宅、ニラハウスなんですよね。ニラが屋根の上にびっしりと生えている家に住まれていた。一見ギャグのような、芸術と名のつくものとは思えないような、飄々とした佇まいのものを好まれていた印象があります。

ホンマ　赤瀬川さんは「ゲイジュツ」ってカタカナで書いてましたね。真剣に面白がるっていう態度は、僕はほんとに赤瀬川さんから学びました。

片山　第12章の「マグリットと視覚」も印象的でした。見てるということは、同時に見られていることでもあるっていう。詳しくはぜひ本を読んでほしいけど。ぞっとする感覚というのかな。

ホンマ　でも今の時代は、そこらに監視カメラがあって、自分たちも見られているって

※30『全面自供！』赤瀬川原平著。2001年に晶文社より初版刊行。

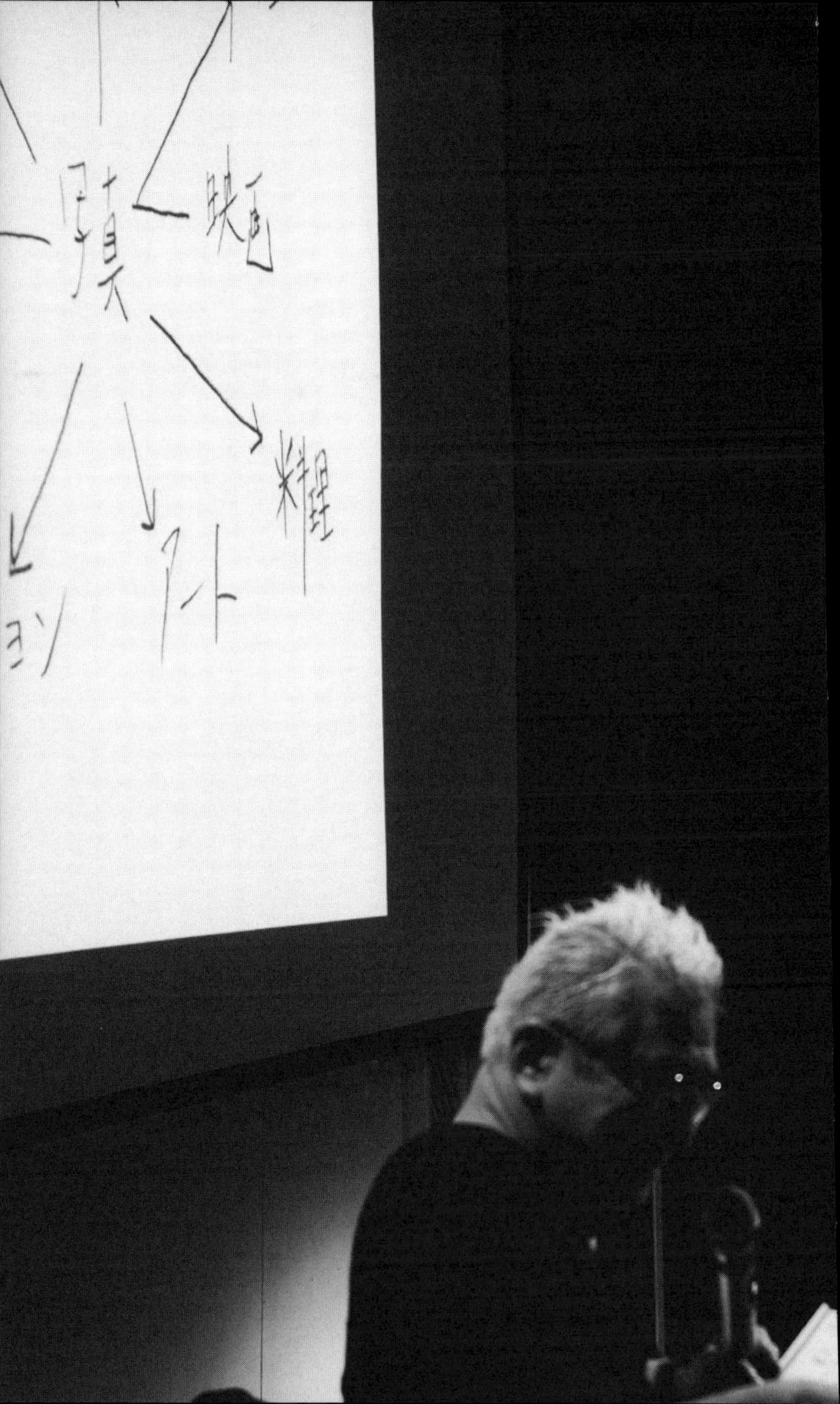
映画
料理
アート

いう感覚はマグリットの時代よりもずっと日常的な感覚だと思うんですよ。でもその、見られてるという問題は僕、けっこうシリアスに考えているんです。慣れて若干無神経になってるけど、じつは恐ろしい問題だと思うんですよね。

神道はコンセプチュアルアートの宝庫

片山　太宰府天満宮アートプログラム[※31]のお話も聞きたいです。太宰府天満宮は神道と現代アートをテーマにいろんなアーティストを招いて不定期にイベントをやるんだけど、2015年にはホンマさんがワークをされました。「Seeing Itself- 見えないものを見る」というテーマで、まさしくコンセプチュアルな概念で作品をつくられて。僕もその作品のなかに「入る」という体験をさせていただきました。

ホンマ　太宰府天満宮アートプログラムでは、僕も改めて神道というものに向き合うきっかけになりました。さっきからコンセプチュアルアートって言葉が出てきているけど、神社の儀式こそコンセプチュアルアートだとほんとに体感したんです。例えば、太宰府天満宮は学問の神様の菅原道真公が祀られています。本殿から1年に1回、道真公の御霊が夜に小さな社に移動して1泊して翌日に帰ってくるっていう、秋に行われるお祭りがある。本殿からの移動には神輿が使われるんですけど、そのとき完全に撮影禁止で、照明もいっさい消えて、2、3分、真っ暗になるんです。その感覚、僕は日本人だからわかりますよ。でも神道を知らない外国の人からしたら、見えない御霊をその場の

※31　太宰府天満宮アートプログラム　2006年より太宰府天満宮が様々な分野のアーティストを招いて展開する文化活動。ホンマ氏の「Seeing Itself-見えないものを見る」は第9回目として2015年4月26日から8月30日まで開催された。

２００人、３００人が信じて固唾をのんで見守っているっていう状況そのものが、もうコンセプチュアルアートだと思うんです。

片山　僕は太宰府天満宮の宮司やみなさまにかわいがってもらっていて、そのご縁で竈※32門神社の授与所のデザインをさせていただきました。その竈門神社で、赤い紐でできたミサンガのようなおしゃれなお守り（むすびの糸）を見せてもらったことがあるんです。ほしいですって言ったら、それはまだ御霊が入っていないから、御霊を入れてから差し上げます、って言われて。そのとき、ちょっと不思議な感じがしました。

ホンマ　決して否定的な意味ではなく、やはりそれもコンセプチュアルアートだと思います。関連して、ちょっと見てもらいたい作品があって……（スライドに画像を映しながら）※33ライアン・ガンダーっていう、イギリスのアーティストのコンセプチュアルアート作品です。僕はイギリスの※34一休さんって呼んでるんですけど。

片山　ああ、彼はほんと、いい意味でふざけていますよね（笑）。

ホンマ　そう。ふざけてるんですよ。例えば、鉄くずを集めて丸めたような球体の作品。作品に近づく前にこんな注意書きがあるんです。携帯電話や鍵などの金属類は置いていってください。作品は強力な磁力を発しているので、すべてがしゃーんって吸い取られてしまいます、って。それ、ウソなんです。でもそういう前提で見てもらうこと、その行為自体がアートなんです。ほんとすごいなって感心しましたね。日本人はそういう、発想だけのアートってなかなかやりづらい。

片山　難しいですよね。やっぱり努力とか、見える形の工夫のほうが評価されやすいっ

※32　宝満宮竈門神社　玉依姫命を主祭神に祀る神社。特に縁結びのご利益で有名。２０１２年「１００年後のスタンダード」をコンセプトに竣工したお札お守り授与所は片山教授による設計。写真は「むすびの糸」。

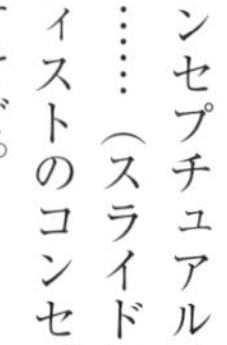

※33　ライアン・ガンダー（Ryan Gander、１９７６―）イギリス・チェスター出身のアーティスト。ロンドンとサフォークを拠点に制作活動を行う。新世代のコンセプチュアル・アーティストの一人として注目されている。

※34　一休さん　室町時代の僧・一休宗純の愛称。「屏風に描かれている虎を捕らえてほしい」と言われて「わかりまし

ていうか。

ホンマ　あと見る側が「騙された」って思っちゃうみたい。

片山　ああ、どちかっていうとそっちかな。

ホンマ　すごくうまく騙してくれるって、すごいアートだと僕は思いますけどね。

片山　紙一重ですよね。

ホンマ　もちろん詐欺とか犯罪とか、悪さするのはダメですよ。そうじゃなくて、気持ちよく人を騙せるなら、それはすごい力だと思う。

片山　世の中には、モノは人を裏切らないけど、コトは信用できない、みたいな考え方をする人もけっこういますよね。でも感覚のドアを強烈に開けてくれる作品ってモノもコトも関係ないと思う。僕はライアンの作品も買っているんです。「え、これだけ？」って拍子抜けする人がいるのもわかるんですよ。でも僕にとってはめちゃくちゃ面白くて、それで人生が豊かになるなら騙されているのもいいなって。

ホンマ　コンセプチュアルっていう言葉がなじみにくいのだとしたら、「仕掛け」に言い換えてもいいと思う。逆に今、本当とか事実って概念のほうが怪しいと思っています。最近、映画なんかでも「これは事実に基づいてます」って書いてあったりしますよね。そういう断り書きのほうが騙しだと思うし、それで「これは正しい」と思わせる作用があるとしたら、すごく怖いなって思う。

片山　確かに……。

た、では屏風から出してください」と答えるといった、とんちのきいた数々のユニークなエピソードから、現在まで多くの絵本や漫画、アニメ作品がつくられている。

騙しているのはどっち？

ホンマ　ライアン・ガンダーが僕の写真を買いたいって言ってくれた話はしましたっけ。

片山　どの作品ですか。

ホンマ　「Tokyo and My Daughter」[※35]っていう写真です。東京の風景と、友人の子どもとその家族を撮った写真集なんですけど。僕もセルフポートレートで奥に写ってる。まあ、あからさまに親子っぽく撮ってるんだけど、そうじゃないっていう。でもみんな、僕が自分の子どもを撮ったと勘違いするんです。何人もの人に、ホンマさんちの子どもかわいいですね、とか、ホンマさんそっくりですねとか言われました。全然似てないのに。見る人の目って説明やキャプション一つで簡単にフィルターがかかるんですよね。日本人の観客、編集者や批評家からは「騙された」って言葉が多かったけど、海外のアート関係の人は「やられた」って言いますね。ライアン・ガンダーにそのコンセプトを話したら、写真を見てないのに、素晴らしい、ほしいなって。写真じゃなくてアイディアを買ってくれたんですよね。さすががコンセプチュアル王子だなと思いました。

片山　太宰府天満宮に行くとライアンの作品もあります。神社だけど美術館のような感覚で訪れても楽しめる場所ですよね[※36]。僕、あれ好きなんですよ。ロダンの「考える人」が立ち去ったあとをイメージした彫刻作品。パッと見たら、ほんとただ野外に大きな岩があるだけにしか見えないの。

※35『Tokyo and My Daughter』一人の女の子と東京の風景を収めた写真シリーズで、2006年にスイスの出版社Nievesから写真集も刊行された。

※36《Everything is learned, VI｜すべてわかった VI》2011

ホンマ　謎かけっていうか、知的なゲームですよね。屁理屈っちゃあ屁理屈なんだけど、神道とか、お茶の世界とか、いまだにそういう部分はあると思います。

片山　神道の話もそうですけど、見えないものじゃないですか。ホンマさんはずっと写真っていう、見えるものを撮っているわけで、考えてみたら真逆ですよね。

ホンマ　そうですね。でもほんと今はスマホで簡単に写真が撮れちゃうから、むしろ写らないってことをコンセプトにする作品がこれから出てくると思う。僕もたまに何も写ってない写真とかあって、それがけっこうかっこいいなと思って。撮りためて、そのうち作品にしようかなとも考えています。

片山　今の話で思い出したけれど、『換骨奪胎』を読んでいて、18章の「写真の確かさと不確かさ」もすごく刺激的で、同時に怖さも感じる章でした。

ホンマ　「写真の確かさと不確かさ」の章はいちばんコンテンポラリーだと思います。ロラン・バルト[※37]が写真をこう定義したんです。「かつて実際にあったものをその人が撮ったということと、その痕跡が写っていることが重要だ」って。でもSNS全盛の今や、もうそれって無効ですよね。誰が撮ったかが、もうそんなに重要じゃなくなっちゃった時代。それを踏まえたうえで、例えばダグ・リカード[※38]という人は、デスクにいながらグーグルストリートビューでいろんな場所を検索して、スクリーンショットして、それで丸々写真集をつくったんですよ。

片山　グーグルストリートビュー、元の写真はグーグル社の機械が自動的に撮影したものですよね。しかもそれをスクショですか。

※37　ロラン・バルト（Roland Barthes、1915—1980）　フランスの思想家、批評家。主に記号学、構造主義を用いてテクストの概念を提唱した。

※38　ダグ・リカード（Doug Rickard、1968—）　アメリカの写真家。グーグルのストリートビューが写し撮ったアメリカの風景をフォトショップで処理し、プリンターで出力した写真集『A New American Picture』はAperture社より2012年に刊行された。

ホンマ　もちろん適当にかっこいい部分を集めただけではなくて、彼の文脈があるんです。彼は写真集オタクで、自分のなかにちゃんと、アメリカの風景写真の歴史が全部入っている。実際にそこがどんな風景かわかったうえでやっているから、面白いかっこいい写真を選べる。機械が撮ったんだけど、有名な写真家が撮った作品にすごく似ている写真だとか。そのセレクトの視点がやっぱり面白くて。

片山　先ほどライアンが気に入ったっていう、ホンマさんの「My Daughter」もこの章で紹介されていましたね。ホンマさんはこの作品で、何を攪乱《かくらん》したかったんですか。

ホンマ　「正しさ」ですね。正しいとされているものが、本当に正しいのかっていう。僕instagramやってるんですけど、よく、全然関係ない日に撮った画像に「This Morning」ってコメントをつけてアップしたりするんです。普通に自宅で朝起きたときに、ミラノで撮った写真とかを。そうするとみんな「え、ミラノにいるんですか？」ってザワッとするんですよね。その日の午後に打ち合わせの約束をしている人でさえ。

片山　どこに行っちゃってるんですかと。

ホンマ　投稿に時差がある可能性、ほんとはみんなわかっているはずなのに、なんでそんなに簡単に信じちゃうのかなって。自撮り写真なんてもっとすごいじゃないですか。肌の色をちょっと白くするとか当たり前で、いろいろ加工して盛っているわけで。なんで提示されたものを簡単に信じちゃうんだろう、っていう問題は、もっとちゃんと考えるべきところだと思う。

片山　写真に限った話ではないですよね。

ホンマ　ほんと、社会全体の話。そういうリテラシーを自分できちんとつくっておかないと、悪意のある大企業とかそれこそ政府に、気づかないうちに操作されちゃうよ、って。もうすでに操作されている可能性も、実際にあると思う。あんまりぼんやりしていられないですよ。

片山　人の感情って、僕らが想像するよりずっと簡単に操作できるんですよね。テレビで見たんですけど、ＳＮＳにつけた「いいね」２００個の履歴で、その人の性癖や政治的な思想やルーツまで解析可能だとか。それで政治思想がぐらぐらしているような人に、意図的にプロモーション映像を提示し続けると、簡単に洗脳できるそうです。そういうことがもう行われている世の中なんですよね。

ホンマ　危機感は持ったほうがいいですよ。

片山　やはり現代アートってそういう目線、感覚を養う部分も大きいから、学生のみんなはぜひいろいろなものを見て、自分を守ってほしいな。

手癖できれいに撮れるようになったら最悪

片山　ではここから、学生の質問にいこうと思います。質問のある人、手を挙げてください。僕が当てていきますね。では最初に手を挙げた彼女にマイクを。

学生Ａ　お話を聞けて、すごく面白かったです。ありがとうございました。写真家になる一要素だったのかもしれないと思うような、幼い頃の記憶があったら教えてください。

片山　ホンマさんが写真に目覚めた瞬間みたいなことかな？

ホンマ　僕はずっと野球ばっかりやってたから、写真に目覚めるのは遅いんじゃないかなあ。幼い頃……思いつかない。

片山　初めて写真集を買ったのはいつですか？

ホンマ　高校2年生だったかな。篠山紀信さんの『晴れた日』[※39]。山口百恵が好きだったから（笑）。いい写真があったんだよね。

学生A　写真を見ることは好きでしたか？

ホンマ　どうかな。写真を見ることは、昔よりも今のほうが好きです。今がいちばん好きかもしれない。僕とほかの写真家のいちばんの違いは、写真を見ている量だと思ってます。写真家ってだいたい、自分の作品の話しかしないんだよね。他人の作品に興味ないっていうか。

片山　今がいちばん、って面白いですね。撮りたい気持ちと見たい気持ちのバランスが変わってきたということですか？

ホンマ　もちろんひたすら撮るような時期も必要だけど、わりと最初から見るほうでした。大学に入って、写真に詳しい同級生に勝つにはどうしたらいいか考えたとき、やっぱりたくさん見ないとって思った。ただ撮るという行為では勝てないと思ったから。さっきの、先行研究の話にも通じるけど。

片山　ホンマさんのような方でも、見えない努力をしているってことですよね。じゃあ次、その後ろの黒い服の彼女。

※39『晴れた日／A Fine Day』　1975年に刊行された篠山紀信の初期代表作。1974年4月から半年間『アサヒグラフ』誌に連載された、著名人から一般人、風物、自然現象など様々な対象を収めた写真集。

HOMMA

TAKASH

学生B　お話ありがとうございました。ホンマさんの撮る市川実日子さんがとても好きなんですが、ホンマさんが魅力的だと思う女性はどんな女性ですか？　どんな人を撮りたいと思いますか？

ホンマ　僕の写真に写りやすい、僕が撮りやすい人と、どんだけがんばってもうまく撮れない人っていうのはいますよね。これは人だけじゃなくて、建築もそう。言葉で説明するのはちょっと難しいけど……、強いて言うなら、サービス過剰で、撮るたびにポーズを変えてくるような人は撮りたくないです（笑）。

片山　普通なら、たくさんポーズをつくってくれるモデルさんのほうが喜ばれるんじゃないですか。

ホンマ　そうそう。だから良し悪しじゃなくて、合うかどうかだよね。

学生B　あとすみません、よかったら、なんでホンマさんのクレジットがカタカナなのか教えてください。

片山　ああ、重要な質問かもしれない。僕も聞きたいと思っていました。

ホンマ　重要じゃないですよ（笑）。それこそライトパブリシティ時代にこっそり雑誌のバイトをやるとき、本名と区別するためにカタカナにしただけです。

片山　へえ。そうだったんですか。

ホンマ　そういえば昔から仲の良かったゲイの友だちが勝手に姓名判断してくれて「あんたカタカナにしたから売れたのよ」って言ってましたね。その頃はカタカナ表記の名前はほとんどいなかった。今は普通に見かけるけど。

片山　作品のイメージにもすごくフィットしてますよね。匿名性っていうのもあるのか。

ホンマ　匿名性っていうのは美術評論家の人たちにけっこう言われました。

片山　ですよね。輪郭がぼんやりするし、イメージとか、国境も薄れる感じがある。

ホンマ　漢字の持つ重さもなくなりますよね。さっきちょっと話した、透明性とか軽さとか、そういうのともリンクしたかなと。そんなこと考えてたわけじゃないけど。

片山　確信的にやってるのかと思ってました。記号的っていうか、デザイン的にカタカナを名前に使っているのかなと。

ホンマ　いや、そこまで考えてないですよ（笑）。

学生B　ありがとうございました。

片山　次は男子がいいかな。では後ろのほうで手を振っている彼、どうぞ。

学生C　お話を伺っていて、視点やアイディアを大切にされているのがよくわかったのですが、自分の撮った写真に絵画的な美しさを求めることはないのでしょうか。

ホンマ　それは当然あります。いっぱい写真を見ているし、自分でも撮っているから、やっぱり美しいもの、きれいなものを目指す気持ちは自然と出てくるんだけど。でも、荒木経惟さんがよく言うけど、うまくなりすぎちゃ駄目。それは僕も同じことを思う。うまい写真といい写真って違うし、世の中にはうまいけどつまんない写真ってすごく多いから。手癖できれいに撮れるようになったら最悪だから、あまりいっぱい撮らないようにしています。

片山　うまくならないようにする。でもそれは、美しさを求めていないわけではない。

ホンマ　難しいですね。ちょっと禅問答的な。

学生C　コンセプト的な面白さと、絵画的な面白さは分離しているものですか？

ホンマ　それが合致するものが名作といわれるんじゃないですか。どちらかだけでも成り立つと思いますけど、奇跡的に両方揃ったら、すごくいい作品になると思います。

片山　質問してくれたあなたには、ぜひどちらも両立できるような作品を目指してほしいですね。

自由であるために学び続ける

ホンマ　そういえば今日、鈴木康広[※40]がこの会場に来ているって聞いたんだけど。ちょっと僕から、コンセプチュアルアートについて鈴木康広に質問していいですか。

片山　それはぜひ。鈴木さんいいですか？（頷いたのを見て）ではマイクを回しますね。

ホンマ　いきなりすみません。鈴木さんの作品好きなんですよ。それでさっそく聞きますけど、ボーダーのシャツが好きなんですか？

鈴木　あ、よく聞かれるんですけどね、特別に好きなわけではないですね。

ホンマ　そう（笑）。鈴木さんはコンセプチュアルアートをされていて、日本と海外での受け入れられ方の違いみたいなものを感じますか？

鈴木　うーん。やっぱり日本語の曖昧さみたいなものが、つくり手にとっても観る側にも、コンセプチュアルアートとは相性が悪いんじゃないかと思ったことがあります。先ほど

※40　鈴木康広（すずき・やすひろ、1979－）　静岡県出身のアーティスト。東京大学先端科学技術研究センター中邑研究室特任研究員。武蔵野美術大学造形学部空間デザイン演出学科専任教員。よくボーダーのシャツを着ている。

赤瀬川原平さんのお話がありましたけど、僕にとっても赤瀬川さんは最も尊敬する存在です。赤瀬川さんがコンセプチュアルアートそのものに興味があったかというと、本人にもわからないんじゃないかと思うところがあって。おそらくマルセル・デュシャン[※41]にものすごい嫉妬をしながらも、日本人として発想した最小限の行為と視点によって、芸術という概念そのものを包み返してやる、というような意地があった気がして。そこには、欧米の作家との間に相容れないものがあって生まれる面白さがあると思うんですね。

ホンマ　コンセプチュアルアートは、曖昧な部分をもっと割り切れますもんね。

鈴木　さらにいうと日本人はまだ、「コンセプチュアル」という言葉自体、もしかしたら理解できてない可能性があるかなと。おそらくですがコンセプチュアルの大元には「勘違い」みたいなものも含まれていて、むしろ言語で割り切れない理解不能なものが世界を包み込んでいることが示された瞬間に人が驚くんじゃないかと。

ホンマ　たしかに、赤瀬川さんだったら、勘違いをいい意味で広げよう、みたいな本を書きそうだよね。勘違いって、これからの芸術の一つのフォームになるかもしれない。

鈴木　ムサビも勘違い学科をつくらないと、将来、何かを取りこぼしてしまう？　勘違いデザイン学科……。

片山　勘デ。それはなんかつらいかもしれない（笑）。鈴木さんから、ホンマさんに質問ってありますか？

鈴木　質問、ずっと考えていたんですよ。手を挙げようって思って。でも学生のみんなのほうがいい質問してる。

※41　マルセル・デュシャン（Marcel Duchamp、1887−1968）　フランス出身の美術家。それまでの伝統的な西洋芸術の価値観を大きく揺るがし、20世紀の現代アートに最も大きな影響を与えたとも言われる。

片山　なんでもいいですよ。

鈴木　じゃあ、ほんとにつまんない……っていうか個人的なことなんですけど。僕、一度だけホンマさんに作品を撮影していただいたことがあるんです。でもその撮影の日、僕は「来ないで」って言われたんです。自分の作品の撮影に立ち会わないって初めてだったんですけどなんでかなって……覚えてます？

ホンマ　うん、覚えてます。切り株の作品。すごい素晴らしい作品だなって思って、それで鈴木康広って名前を覚えたから。

鈴木　ありがとうございます。

片山　ホンマさんが「来ないで」って言ったんですか？

ホンマ　僕は言ってないですよ。

鈴木　あ、そうなんですか。

ホンマ　たぶん、作者に何か言われると、僕が嫌な顔するって思ったんじゃないかな。そのときのアートディレクターか誰かが。

鈴木　その撮影はすんなり撮れたんでしょうか。

ホンマ　すんなり撮れたんじゃない？

鈴木　よかった。以前、よく作品をカメラマンの方に撮ってもらってたんですけど、僕の作品は動きが多いので、けっこう難しいみたいで……。最近は自分で撮ったりもするんですけど、動きのあるものを静止画として捉えることで、むしろ動きを感じさせることができたりもして、写真と人間との相性は奥深いものだなと感じています。

片山　なるほどねえ。面白い。ありがとうございます。

鈴木　すみません、ヘンなことを聞いて。ありがとうございました。

片山　いやよかったです。あと2人くらい、質問いけるかな。ではもう1人男子で。左の列の彼。

学生D　ありがとうございました。ホンマさんはいろいろな状況を面白がりながら、影響を受けながら活動をされてきたというお話でしたが、作品からは、ブレない強い意志のようなものを感じます。それがとても不思議で。ご自身では、自分の核ってどんなものだと思いますか?

片山　直球の質問ですね。どうでしょう?

ホンマ　んー、それはちょっとわかんないですね……。そういうの聞かれるんだけど、けっこう毎回、思いつきで違うことを言っている気がする。それでもよかったら……核かあ。野球なのかなあ。でもやっぱり、全部がつながっているから、核、って言われるとわからない。

学生D　あの、なんでそういう質問させてもらったかというと、僕は今、建築学科で設計の課題をやっているんですけど、毎週先生から講評を聞くたびに、自分のやりたいことがブレてしまうんです。どこまでまわりの状況や評価に合わせ、どこまで自分の我を出したらいいのかが、わからなくて……。

ホンマ　そっか、すごく切実かつ現実的な質問だったんだ。ごめんね（笑）。

片山　どうですか、ホンマさん。

ホンマ　それはあらゆる分野のプロが、みんな、日々悩んでいる問題だと思いますよ。でも教授にこう直せって言われたら、直すしかないのかな。

片山　うーん。でも、学校の成績が下がっても、自分で納得できる作品を追求したほうがいいと僕は思ったりしますけど。そこで自分の感性をうまく通す、プレゼンで戦うテクニックも必要なのかなって。

ホンマ　仕事だとそうですよね。でも今の段階だとまた違うような気もする……。例えばだけど、この前、生物学者の福岡伸一さんと対談したとき、「何で勉強するか」っていう質問に対して、福岡さんは明確に答えたんですよ。「自由になるためだ」って。直感とか、自分の癖みたいなものって、わりとクリエイティブな世界では良いことみたいに捉えられがちだけど、じつはそれによって自分の可能性の枠が、驚くほど狭められちゃってる。勉強して違う視点を持つことで、その枠が広がって自由になるんだ、って福岡さんは言われて、僕はそれすごく正しいと思ったんです。今、それを思い出しました。だから質問者の彼も、めちゃくちゃ勉強したらきっと、先生やまわりの評価に左右されないような、自分のやりたいことがわかると思う。先生よりも勉強すれば、何か批判をされても、気にならなくなる。

片山　たしかに、自由でいるには、基準も自分で決める必要がありますね。

ホンマ　それ以前の段階で突っ張っても、単なる無知で終わっちゃうから。自由っていうとすごい楽なような感じだけど、それに至るまでにはものすごく勉強しなきゃいけない。最初から天才という人もまあ世の中にはやっぱりいるから、そういう人はそれでいいと思うけど、普通の人は勉強するしかないんですよね、結局は。

学生D　わかりました。がんばります。

片山　いい話を聞けてよかったね。課題がんばって。じゃあ最後。手前の彼女にマイクを渡してください。

学生E　お話ありがとうございました。あの、生きるものを撮るときと、生きてないものを撮るとき、頭のなかのスイッチが違ったり意識的に変わったりしていますか？

片山　生きるものと生きてないもの。面白い表現です。どうでしょう。

ホンマ　人物、風景、建物、どの撮影が好きですかとか、分けて考えてますかとか、それはわりと聞かれるんだけど……まあ、ちょっと企業秘密寄りの話になるから多くは語りませんが、僕は分けてないです。

片山　あなたはどうしてこういう質問をしたかったのかな？

学生E　私は写真を見るのも撮るのも好きなんですけど、人物を撮るときは、そのフレームのなかで目が合うと、ちょっとウッ……てなっちゃったりするんです。

ホンマ　あー（笑）。

学生E　だから雑草とかを撮っているほうが私は好きで……。あとポートレートとかも、自分の作品っていうより、その被写体に寄ってしまって、その人の写真だなって思っちゃうとか。そういうのは、ホンマさんはありませんか。

片山　さっき「サービス精神旺盛な人は撮りたくない」ってお話がありましたけど。それも関係ありますかね。

ホンマ　んー、そうね。主張の強い人は撮りたくないですね。僕は構えたらすぐに、ファインダーも覗かずにまず1枚、撮っちゃうんですよ。ポーズをつくる時間を与えない。そのあと数枚撮るけど、ほとんどの場合、最初の1枚がいちばんいい写真です。でも女優とかアイドルはそれを嫌がるよね。前に2人くらい女優に「まだ顔をつくってなかったのに」って文句を言われたから、あんまり女優も撮りたくない（笑）。

片山　なるほどねえ。仕事として撮られたい顔っていうのもあるだろうし、難しいですね。

ホンマ　ポートレートは難しいですよ。今、雑誌や写真集なんかで出回っているのは、つくりこんだ自然な表情ばっかり。僕からしたら大嘘ばかりに見えます。だからこそ可能性もいっぱいあると思いますけどね。

片山　instigatorに是枝裕和監督がいらっしゃったときに、ドキュメンタリーについての話があったんです。ドキュメンタリーを事実だと思ってる人がいるけど、カメラを向けた時点で素のままなんてありえない……というような。それをちょっと思いだしました。

ホンマ　是枝さんとは同世代だから同じような問題意識があるかもしれないですね。ただ逆に言うと、例えば[※42]小津安二郎の映画で、[※43]笠智衆がずっと出てくるじゃないですか。笠智衆が演じているのは架空の人物かもしれないけれど、ある意味では演じている笠智衆のドキュメンタリーと考えることができますよね。

片山　ああなるほど、事実としてドキュメンタリーになってるってことですね。撮り手の意図とも、演者の意図とも別に。面白いです。

※42　小津安二郎（おづ・やすじろう、1903－1963）　東京都出身の映画監督。「小津調」と呼ばれる独特の映像表現が特徴。同じスタッフ、同じキャスト、同じテーマで複数の作品を制作。

※43　笠智衆（りゅう・ちしゅう、1904－1993）　神奈川県出身の俳優。1925年に松竹入社後10年ほどは通行人役などが続いたが、1928年小津安二郎監督の『若人の夢』に端役で出演した際に見いだされ、戦後の小津作品には全作出演した。

ホンマ　そう、面白いんですよ。「ポートレート」も「ドキュメンタリー」も、言葉としてできあがっちゃってるから、そこで止まって、みんな考えようとしないけど。枠組み外して考えたらまだまだ可能性はあると思っています。自分でもまだまだ考えていきたい文脈です。

学生E　ありがとうございました。

片山　そろそろ時間ですね。最後に、みなさんにしている共通の質問を僕から。10年後、ホンマさんは何をしていると思いますか。何をしたいですか。どんなイメージでも結構です。教えてください。

ホンマ　んー。まあ、わかんないとしか答えようがないんですけど(笑)。でもそうですね、より自由でありたいっていうのはあります。写真じゃないことをやってるかもしれない。

片山　今日のお話を伺ったあとだと、ほんとにどんなふうに変化されるのか、想像できないですよね。最初にお話ししましたけれど、来年度からは空デで授業もしていただけるということで、わくわくします。とても勉強になりましたし、紹介しきれなかった重要な話が満載だから学生のみんなは『換骨奪胎』をよく読んでね。それではホンマさん、今日はお忙しいところ、ありがとうございました!

ホンマタカシ先輩が教えてくれた、「仕事」の「ルール」をつくるためのヒント！

□野球部の真面目さが出てきて「いちばん厳しいことを知りたい」と思ってライトパブリシティに入ったんです。

□「日本人のストレートのお前がこれを撮る理由ある?」って聞かれたんですよね。あっそうかって。自分のなかに必然性がないと作品として意味がないんだなって気づいて。

□「人がやってることはやらない」っていう「individual」の感覚がかなり大きいです。

□飽きっぽいんですよ。先が見えるともういいかなって思っちゃう。もったいないという人もいるけど、自分のやりたい気持ちが優先。

□古典や過去の名作を知って、その文脈に対して「自分はこれをやってます」ってちゃんと説明できれば、今の時代の表現はもうそれでいいんじゃないか。

□誰よりも勉強すれば、自分の本当にやりたいことがわかるようになる。そうすると、まわりの評価に左右されなくなるし、何か批判をされても気にならなくなる。

この本を読んでくれたみなさんへ

5人の扇動者〈instigator〉による特別講義は、いかがでしたか。

ここではあとがきに代えて、僕からの感想を紹介していきますね。

都築響一さんは、自分の感覚を守る大切さを繰り返し話してくれました。物事の捉え方も自分の人生の価値も、自分しか決められない。アートに携わるなら美大生であること自体が危険だというお話も、数多くのアーティストに取材し紹介し続けている都築さんだからこその説得力でした。

厳しいけれど愛にあふれた、やさしい語り口が強く印象に残っています。

そうそう、博識な都築さんならではのアダルトな話題も「instigator」初の試みでしたね。


トータス松本さんは、誰もが知っている大スターですが、僕の専門学校時代の同級生でもあったので、気負わずにお話ができました。意外だったのは、最後の「60歳になったら人の言うことなんか聞きたくない」という言葉です。すでにやりたいことをしているイメージを持っていたのですが、実際は様々な葛藤のなかでバランスをとりながら、いまもなお自由を模索し続けている方なのだなあと。

最後のスペシャルライブ、あとで伺ったらすごく緊張したそうですよ。リハーサルなしのいきなり本番だったんです。でも緊張している素振りは全くなく、さすがだと感服してしまいました。

チームラボの猪子寿之さんは、なんといっても間のとり方が絶妙すぎました。特に学生から投げかけられた質問への答えを熟考する際の、放送事故のような長い沈黙。僕なら慌てて何か話してしまうけれど、猪子さんは自分で答えが出るまで、安易な言葉で埋めることはありません。それがまた、心地よい緊張感を生むんです。いやあ、勉強になりました。

また、チームラボ内では徹底的にルールをつくるというお話も意外でした。あえて厳しいルールを決めることでクリエーションを進化させる。それは情報過多の時代に必要な考え方のように思います。

是枝裕和さんは、講義自体がまるで物語のようでした。ユニークな小学生時代から、キャリア初期の厳しい人間関係、自主映画制作中に胸に刺さった言葉など、赤裸々なエピソードが伏線のように作品につながっていましたね。撮影中の絵コンテや手紙まで公開してくださって、その細やかさ、誠実さ、現場をまとめる力に驚いた読者も多いでしょう。

最後の質問に対して「海外で撮りたい」と答えられていましたが、みなさんご存じの通り、すでに海外ロケの新作がクランクアップしています。公開が待ち遠しいですね。

ホンマタカシさんの回を読んでもらうとわかるように、僕は昔からホンマさんの写真の大ファンでした。ただし被写体の選び方、切り取り方、独特の抜け感から、生来のセンスだけで作品を撮る人だとずっと思い込んでいたんですね。ところが今回ゆっくりとお話を伺って、センスのうえに積み重ねられた知識の多さ、考察の深さに、改めて衝撃を受けました。

写真に限らず幅広い分野のアートについて話してくださったので、ホンマさんを通して現代アートについて考えを深めるような、これまでとはまた違う深みのある回になりましたね。

自分のルールを決めることができるのは、自分だけです。そこには正解も不正解もありません。ぜひみなさんも、自分だけのルールについて考えてみてください。

書籍化にあたり、僕自身のことも振り返ってみました。

友人たちと最初の会社、エイチ・デザイン アソシエイツを立ち上げたとき、僕は26歳でした。バブル経済が崩壊し、デザイナーという職種自体が信頼を失っていた時代です。会社をつくってはみたけれど仕事はない、という日々が続きました。

にもかかわらず、僕らは生意気にも、プロジェクトを引き受ける条件を3つ掲げていました。

・デザインの提案をさせていただけること
・決定権のある方に直接ご提案できること
・黒子ではなくデザイナーとしてクレジットできること

当初、指示された通りに図面を描く、という案件のオファーはいくつもありました。でもこの3つの条件が揃わない、クリエーションの余地がない依頼はお断りしていました。自分が目指すべきデザイナーの姿が遠くなると思ったからです。
数年間は仕事がなく焦りもありましたが、このルールを守ったおかげで、現在の自らの姿があるのだと感じています。

2011年12月に「instigator」#001を開催してから、もうすぐ8年になります。誰かから頼まれたわけでもなく、手探りで始めた特別講義。ゲストのみなさんや学生たちから刺激をもらい、僕自身もますますいろんな可能性を感じています。

事前の打ち合わせから当日の講義まで、貴重な時間を割いて学生たちに本気で語りかけてくれた5人の扇動者〈instigator〉のみなさん、改めて、ありがとうございました。イベントに携わってくれた制作チーム、運営を手伝ってくれた学生のみんなにも、心からの感謝を。
そして、この本を読んでくれたみなさん、どうもありがとうございました。この本が、あなたにとって前に進むきっかけのひとつとなれたなら、こんなに嬉しいことはありません。

次回の特別講義で、またお会いできますように。

2019年9月
武蔵野美術大学 空間演出デザイン学科 教授　片山正通

instigator

Music
大沢伸一／畠山敏美(avex management Inc.)

Photo
神藤剛／高木亜麗

Movie
尾野慎太郎／大田晃／加藤恭久／高橋一生／清水良広／水口紋蔵

Lighting
前川賀世子／長晃由／福田和弘／中村匡孝／江口詩渚

Graphic
近藤朋幸

instigator運営スタッフ

Wonderwall：
久下秋穂／清水由美子

武蔵野美術大学 空間演出デザイン学科 研究室：
長谷川依与／国沢知海／開田ひかり／松田瑞季
川端将吾／渡慶次賀邦／高澤聡美／中山千佳／松尾野の花
冨樫まなみ／西勇太／村田福実子／鈴木陽／蔭山和芳／戸口誉／利川菜々

武蔵野美術大学 空間演出デザイン学科 片山ゼミ 第五期生:
阿部陽代／伊藤千加子／上羽未夕／浦本佳代／柏木兼介／亀田光市
笹島夕希／塩足月和子／白石安祐美／菅沼美希／杉浦誠／高野まみこ
田中湧二郎／平林由莉／古川有紀／森川ひかり／矢吹央士朗／山口亜紗美
横倉清恵／喚田千夏

武蔵野美術大学 空間演出デザイン学科 片山ゼミ 第六期生:
相原弘典／秋山真更／宇佐美季那／佐藤日向子／ソンシミョン／細川紗良
丸野悠太

武蔵野美術大学 空間演出デザイン学科 片山ゼミ 第七期生:
上原紗保里／大竹陽二／大根田若菜／キョジャクセン／小杉将之／澤口百花
高砂結衣／武田彩夏／長縄開／新里香南／牧山友紀子

武蔵野美術大学 空間演出デザイン学科 片山ゼミ 第八期生:
上野愛実／鵜飼夏海／小川夏歩／齋藤真紀子／齋藤茉里耶／三枝美穂
杉村かれん／橋本ゆりな／波多優司朗／松村怜／三尾響／村上草太

Special Thanks

LOOPWHEELER
CASSINA IXC.Ltd
Wonderwall

武蔵野美術大学 空間演出デザイン学科 教授：
小竹信節／太田雅公／池田ともゆき／五十嵐久枝／小泉誠／鈴木康広
天野勝／パトリック・ライアン／津村耕佑

企画&ホスト：
武蔵野美術大学 空間演出デザイン学科 教授
片山正通

片山正通（かたやま まさみち）

インテリアデザイナー

Wonderwall® 代表
武蔵野美術大学 空間演出デザイン学科 教授

1966年岡山県生まれ。2000年にWonderwall®を設立。コンセプトを具現化する際の自由な発想と、伝統や様式に敬意を払いつつ現代的要素を取り入れるバランス感覚が、国際的に高く評価されている。ファッション等のブティックからブランディングスペース、大型商業施設の全体計画まで、世界各国で多彩なプロジェクトを手がける。

代表作にINTERSECT BY LEXUS（青山、ドバイ、NY）、外務省主導の海外拠点事業JAPAN HOUSE London、PIERRE HERMÉ PARIS Aoyama、colette（パリ）、ユニクロ グローバル旗艦店（NY、パリ、銀座、上海他）、THE BANK（鎌倉）、NIKE原宿、PASS THE BATON（丸の内、表参道、京都祇園）、OZONE ザ・リッツ・カールトン香港、Samsung 837（NY）、虎ノ門ヒルズ ビジネスタワーの商業施設環境デザイン（2019年12月竣工予定）など。また、2009年NHK総合『プロフェッショナル 仕事の流儀』に出演。2016年にはドイツの出版社Die Gestalten Verlagから作品集『Wonderwall Case Studies』が刊行された。現在、世界的に最も注目を集めるインテリアデザイナーの一人である。

instigator official site　http://instigator.jp
武蔵野美術大学 空間演出デザイン学科　http://kuude.musabi.ac.jp
ワンダーウォール　http://www.wonder-wall.com

masamichi_katayama
Wonderwall_MK
wonderwall.katayama

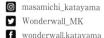

片山正通教授の
「仕事」の「ルール」のつくり方
著者　片山正通

2019年9月12日 第1刷発行

イラスト　竹田嘉文
写真　神藤剛／高木亜麗

ブックデザイン　近藤朋幸

編集　藤崎美穂
　　　奥村健一（Casa BRUTUS）

発行人　片桐隆雄
編集人　西尾洋一
発行所　株式会社マガジンハウス
〒104-8003　東京都中央区銀座3-13-10
受注センター　☎049・275・1811
カーサ ブルータス編集部　☎03・3545・7120
印刷製本　凸版印刷株式会社

Printed in Japan
ISBN978-4-8387-3067-4 C0095